NOCHE DE BODAS RECLAMADA

LOUISE FULLER

Editado por Harlequin Ibérica.
Una división de HarperCollins Ibérica, S.A.
Núñez de Balboa, 56
28001 Madrid

I.S.B.N.: 978-84-687-9953-7
Depósito legal: M-13042-2017
Impresión en CPI (Barcelona)
Fecha impresion para Argentina: 22.1.18
Distribuidor exclusivo para España: LOGISTA
Distribuidores para México: CODIPLYRSA y Despacho Flores
Distribuidores para Argentina: Interior, DGP, S.A. Alvarado 2118.
Cap. Fed./Buenos Aires y Gran Buenos Aires, VACCARO HNOS.

Capítulo 1

DEBIERA estar contenta. Una buena publicidad era lo que hacía que organizaciones benéficas como la suya sobrevivieran. Pero la suya había hecho algo más que sobrevivir, pensó Addie Farrell sonriendo con satisfacción mientras miraba el periódico. Hacía justo cinco años que el centro había abierto las puertas para ofrecer música a los niños desfavorecidos de la ciudad y, tal como iban las cosas, pronto podrían inaugurar otro.

Addie frunció el ceño. El artículo era totalmente elogioso. Entonces, ¿por qué se sentía tan desanimada? Se le borró la sonrisa. Probablemente porque la foto del artículo, en que se la veía con sus melena rizada y pelirroja y sus ojos azules que manifestaban nerviosismo, representaba a otra Addie, la que había sido hacía mucho tiempo durante unos cuantos meses llenos de dicha; la que podría seguir siendo si Malachi King no le hubiera robado el corazón para destrozárselo después.

«No sigas por ahí», se dijo. El artículo hablaba de su duro trabajo y su determinación. No tenía nada que ver con el desgraciado de su marido ni con su insensato y desgraciado matrimonio.

Todo eso era agua pasada.

Su presente y su futuro se hallaban muy lejos de ese agujero oscuro en que había caído después de que Malachi le partiera el corazón. Y había sufrido cosas peores que su abandono. Se puso tensa al recordar el accidente de coche que había hecho añicos su sueño de convertirse en concertista de piano. La había destrozado, pero no se dio por vencida. Y ahora tenía el mejor trabajo del mundo: llevar la música a los niños que luchaban diariamente contra la pobreza y el abandono.

Suspiró y abrió el portátil para consultar el correo electrónico. Veinte minutos después, agarró un montón de sobres que había en el escritorio. Miró el primero y se quedó sin respiración al tiempo que se le aceleraba el pulso.

King Industries era el logotipo que se veía en el sobre, una empresa propiedad de Malachi, su riquísimo y guapísimo esposo. Pensó en romper la carta y lanzar los pedazos al cálido aire de Miami, pero, con manos levemente temblorosas, la abrió y la leyó.

Tuvo que hacerlo tres veces antes de entenderla, y no porque estuviera mal escrita. Todo lo contrario. La informaba, breve y educadamente, de que, después de cinco años de haber patrocinado el Miami Music Project, King Industries le retiraba el apoyo económico. La carta estaba firmada por su marido.

Llena de furia, pensó que se trataba de una broma cruel. Malachi llevaba cinco años sin dar señales de vida. ¡Cinco años! Ni llamadas, ni correos ni mensajes. Nada.

Era la primera vez que se ponía en contacto con ella desde el día de su boda y lo hacía para decirle que iba a dejar de financiar el centro. Y era tan cobarde que ni siquiera se había atrevido a hablar con ella, y mucho menos a decírselo a la cara.

Addie se puso a temblar. ¿No había tenido Malachi bastante con haber destrozado sus sueños románticos? Que apoyara económicamente su organización benéfica era lo único bueno que había sobrevivido de su matrimonio. Pero él quería acabar también con eso.

¿Qué hombre haría algo semejante a su esposa?

A Addie se le contrajo el estómago al recordar el día de su boda, cuando Malachi había prometido amarla mirándola a los ojos con deseo. Y ella se lo había creído.

«¿Cómo te creíste que te quería?», se preguntó.

Conocía su fama de mujeriego, de jugar con los corazones al igual que a las cartas, pero le había creído. ¿Quién no lo hubiera hecho? Era lo que mejor se le daba a Malachi: mirarte a los ojos, esbozar su irresistible sonrisa y hacer que le creyeras.

Pero no la quería, sino que la había utilizado y había explotado su relación para incrementar su imagen de chico malo. La boda solo había sido la maniobra de un hombre que había creado una empresa multimillonaria y al que le gustaba jugar tanto como ganar.

Pero tal vez fuera hora de que aprendiera en qué consistía perder.

Addie levantó la carta y la miró con expresión sombría. Si Malachi creía que esa carta sería la última palabra con respecto a su matrimonio, podía esperar sentado. En los cinco años que llevaban separados habían cambiado muchas cosas. Ella ya no era la joven locamente enamorada con la que se había casado.

Agarró el móvil y tecleó rápidamente el número que aparecía al principio de la carta.

—Buenos días. Ha llamado usted a King Industries. ¿Qué desea?

—Quisiera hablar con el señor King.

—¿Su nombre, por favor?

Addie tensó los hombros y se mordió el labio inferior. Era su última oportunidad de cambiar de opinión. Estuvo a punto de colgar, pero, con la boca seca, cerró los ojos y dijo:

–Addie Farrell.

–Lo siento, señorita Farrell, pero no veo que tenga usted una cita.

–No la tengo. Pero es de vital importancia que habla con él.

–Entiendo –la mujer parecía joven y un poco nerviosa–. Voy a intentarlo, pero el señor King no habla con nadie que no tenga cita previa.

Addie maldijo para sí. Malachi era el consejero delegado de la empresa, por lo que solo le pasarían las llamadas más importantes. Pero ¿quién podía ser más importante que su esposa?

En un rincón de su cerebro, una voz la aconsejó que colgara, pero la acallaron los airados latidos de su corazón.

–Hablará conmigo. Dígale mi nombre.

–No puedo hacerlo, señorita Farrell. Pero si quiere dejar un mensaje...

–Muy bien. Dígale que le llama su esposa. Solo quería recordarle que mañana es nuestro aniversario.

Se produjo un silencio glacial al otro lado de la línea que llenó a Addie de satisfacción.

–¿Le importa transmitirle el mensaje? No me importa esperar –añadió con voz dulce.

Al otro lado de la ventanilla de su jet privado, el cielo de un azul etéreo se extendía hasta el horizonte. Pero Malachi King hacía caso omiso de la vista, ya que miraba fijamente la pantalla que tenía frente a él. Sus ojos grises se desplazaban rápidamente por las columnas de cifras que llenaban la página.

–¿Qué ha pasado en la mesa veinticinco? –preguntó, levantando bruscamente la cabeza, al hombre de mediana edad sentado frente a él.

–Se produjo un incidente con un grupo de tipos que celebraban una despedida de soltero. Pero lo solucioné sin problemas, señor King.

–Para eso te pago, Mike, para que todo vaya como la seda.

Malachi sonrió levemente al observar el mensaje que le acababa de llegar en la pantalla del móvil. Ojalá pudiera solucionar la problemática vida de sus padres con la misma facilidad. Pero, por desgracia, Henry y Serena Malachi no estaban dispuestos a abandonar sus decadentes costumbres, por lo que, como él era su único hijo, no le quedaba más remedio que ir reparando los destrozos que iban dejando a su paso.

Llamaron a la puerta de la cabina y los dos hombres observaron con admiración a la mujer morena que entró con el uniforme de la línea privada de King Industries.

–Aquí tiene su café, señor King. ¿Desea algo más?

Malachi contempló la curva de su trasero con una sonrisa. ¿Habría algo más?

¿No era una de las ventajas de ser dueño de un avión tener sexo con una mujer hermosa a mucho metros de altitud? La contempló de arriba abajo. Era muy guapa y deseable. Pero no iba a acostarse con ella. Y no solo porque trabajara para él, sino porque estaba demasiado disponible. No había emoción ni le suponía un reto acostarse con una mujer como aquella.

–No, gracias, Victoria –contestó en tono cortés y neutro.

Se volvió hacia su jefe de seguridad.

–Voy a descansar, Mike, así que disfruta del resto del viaje –se recostó en el asiento y oyó que la puerta se cerrara–. No me pases más llamadas, Chrissie –pidió por teléfono a su secretaria. Cerró el portátil, soltó el aire lentamente y se dispuso a disfrutar de la vista. No sabía por qué le gustaba tanto mirar el cielo. ¿Podía deberse a los colores? Tal vez. Pero quizá fuera porque aquella calma y serenidad eran muy distintas de la caótica vida que había llevado con sus padres.

Se removió en el asiento al recordar unos ojos de color similar al del cielo, lo cual hizo que saltara la alarma en su cerebro. Apretó los dientes. Siempre intentaba no pensar en Addie, pero ese mes, el día siguiente de hecho, le creaba mucha tensión.

Sonó el teléfono y se echó bruscamente hacia delante. Lo miró con incredulidad y contestó.

—Más te vale que sea importante para haberme molestado...

—Lo siento, señor King —respondió su secretaria—. No quería importunarlo, pero ella me ha dicho que era importante.

¿Ella? Eso significaba que era su madre. Malachi, muy enojado, pensó que no podía echarle la culpa a su secretaria. Serena King siempre conseguía lo que quería.

«Por favor», se dijo, «que no sea nada excesivamente sórdido ni ilegal».

—Está bien, Chrissie. Hablaré con ella.

—Muy bien —la mujer titubeó—. Y feliz aniversario mañana, señor King.

Todo su cuerpo se puso en estado de alerta. Solo había otra persona, aparte de él, que supiera que al día siguiente era su aniversario de boda. Y no era su madre. Ya se había asegurado él de que sus padres no se enteraran de su boda.

—¿Quién está esperando para hablar conmigo, Chrissie?

Ella carraspeó y contestó con nerviosismo.

–Perdone, señor King, pero creí que me había entendido. Es su esposa.

Malachi miró por la ventanilla. El cielo se había nublado y tenía el color de la nieve, el mismo blanco puro del vestido de novia de Addie. Sintió la garganta seca. Sus motivos para casarse con ella habían sido algo egoístas e incluso manipuladores. Sin embargo, ella había prometido amarlo y respetarlo, pero sus promesas habían sido tan frágiles y tenues como las nubes que se rasgaban al otro lado de la ventanilla.

«¿Por qué ahora?», se preguntó. ¿Por qué, después de tanto tiempo, había elegido ese momento para comunicarse con él?

–¡Qué agradable sorpresa! –exclamó–. Pásamela.

Se le contrajo el estómago al oír, por primera vez desde el día de su boda, la voz de su esposa.

–¿Malachi? Soy Addie.

–Eso parece –dijo él.

Habían pasado cinco años, pero nada reveló la inquietud que sentía al oírla de nuevo. Los años que llevaba apostando fuerte al póker le habían enseñado el valor de no delatarse. Hizo una mueca. Eso y el hecho de ser hijo de Henry y Selena.

–Cuánto tiempo, cariño –murmuró–. ¿A qué debo el honor?

Addie creyó que las paredes del despacho comenzaban a moverse. Debido a su prisa por llamarlo, no había pensado cómo reaccionaría él. Al oír su voz, se sintió confusa, ya que parecía que Malachi se comportaba como siempre: con frialdad y autocontrol. Casi como si no hubieran transcurrido cinco años.

De pronto se le humedecieron las manos, por lo que agarró el teléfono con más fuerza. Aunque no le gustara, la verdad era que Malachi necesitaba algo más que oír la voz de su esposa para perder la calma.

Al fin y al cabo, incluso cuando el matrimonio se deshizo, él se mostró tranquilo y distante.

Pero todo eso formaba parte del pasado. Y su llamada tenía que ver con el despreciable comportamiento de su esposo en aquel momento y su influencia en el futuro de unos niños.

–¿Cómo te atreves a pronunciar la palabra *honor* después de lo que has hecho? Y no finjas que te sorprende oírme. Hace diez minutos que te he mandado un correo electrónico...

Se interrumpió bruscamente porque la ira no la dejaba hablar y volvía a sentir el mismo dolor que cinco años antes. ¿Cómo era posible? En realidad, no había superado que la hubiera engañado. Y nada, ni siquiera su trabajo, había conseguido llenar el vacío que Malachi le había dejado. Pero no iba a dejar que su voz la traicionara y él se diera cuenta.

–Sé que la empatía no es tu fuerte, Malachi, y que tienes la moral de un tiburón, pero no pensé que ni siquiera tú pudieras caer tan bajo.

El avión comenzó a descender. Malachi frunció el ceño y abrió el portátil para consultar el correo.

–Desearía ayudarte, cariño. Pero no sé qué crees que he hecho.

A pesar del tono neutro de sus palabras, sentía la ira de ella en la piel. Cinco años de silencio y, de pronto, lo llamaba para sermonearlo sobre su moral y su falta de empatía. Pero se le olvidó la sorpresa al descubrir por qué estaba tan enfadada. Podía pasar el asunto a departamento de responsabilidad social, pero eso no sería divertido.

–¿Por qué no me explicas qué crees que he hecho?

Addie se impacientó. Primero le retiraba los fondos y, después, fingía no saber nada al respecto.

–¡Por favor! ¿Te crees que soy idiota? No vas a librarte de esta con engaños, Malachi. No es un juego de cartas.

–Desde luego que no. Las cartas tienen reglas y los jugadores no se dedican a acusarse mutuamente a voz en grito y sin fundamento.

–No estoy gritando y mi acusación está fundada.

¡Maldito fuera! La sacaba de sus casillas. Como no se concentrara, conseguiría que olvidase para qué lo había llamado y acabaría diciendo o cometiendo una estupidez. Aunque no tan grande como la de haberse casado con él.

–Has firmado la carta, Malachi. La tengo frente a mis ojos.

–Firmo muchas cartas y muchas otras cosas.

Addie apretó los dientes. A pesar de que ella llevaba razón, Malachi hacía que pareciera que su furia estaba fuera de lugar. De pronto, le costó respirar. La invadieron los recuerdos del hombre al que había querido, no solo por lo guapo que era, sino porque era divertido, atractivo y le gustaba flirtear. Hasta las palabras más prosaicas sonaban cálidas y dulces en su voz. Durante unos segundos, se imaginó su hermoso rostro, el brillo travieso de sus ojos oscuros, la curva de su maravillosa boca...

El corazón se le desbocó.

«Recuerda las mentiras que salieron de esa maravillosa boca», se dijo con frialdad. Sobre todo las que había pronunciado ante el altar. Cuando volviera a recordar el encanto de su marido, debía acordarse de esas mentiras y del estado en que la habían dejado, sin ganas siquiera de levantarse por la mañana.

–Como ya sabes, se trata del centro. Así que deja de fingir que no tienes nada que ver con la retirada del apoyo económico.

Mientras miraba la pantalla frente a él, Malachi

pensó que, hasta dos minutos antes, esa carta solo era una de las muchas que le presentaban todas las semanas. Y, sí, la había firmado. Pero, ¿ella creía que lo había hecho por malicia? Probablemente, y sabía que tenía motivos para pensar así, aunque no le gustaba que tuviera tan mala opinión de él.

—Tienes razón: firmé la carta. Pero ya te he dicho que firmo cientos todas las semanas. No las leo todas ni las escribo, salvo si son personales.

—¿Como una dirigida a tu esposa? —preguntó Addie en tono ácido.

—Supongo que me merezco tus reproches —respondió él, dolido por sus palabras.

—Sí, te los mereces.

Si al menos no hubiera sabido nada de la carta... Pero ¿cómo no había reparado en su nombre? ¿Cómo no se había acordado de su centro benéfico? Estuvo a punto de preguntárselo, pero su orgullo le impidió revelarle el agudo dolor que sentía en el pecho. Además, ¿para qué? Ya había pasado mucho tiempo para que le importara.

Lo oyó suspirar.

—Sé lo que te ha parecido, pero, en realidad, es muy sencillo. Ofrecemos ayuda económica a organizaciones benéficas emergentes durante un periodo de tiempo fijo; cinco años, en tu caso. Cuando el plazo se agota, la ayuda se anula. Firmar la carta fue una mera formalidad.

¡Una formalidad! ¡Qué perfecta nota a pie de página para un matrimonio que solo había sido una estrategia económica, al menos para Malachi!

—Así que —dijo él con voz suave— ¿estamos de acuerdo o quieres hablar de alguna otra cosa?

¿A qué se refería con eso? ¿Intentaba ser educado? Ella sabía que no, ya que había percibido el reto en su voz, el desafío que se agitaba entre ambos como una cinta al viento.

Si Malachi quería hablar de su relación, que lo planteara él. Hablar con él había sido un mal necesario, por lo que no iba a darle conversación en aras de la cortesía. Y, desde luego, no quería hablar de su matrimonio.

¿O sí?

Comenzó a sentir calor en las mejillas. Haber llamado a Malachi había sido producto de un impulso. Pero, mientras la ira iba disipándose, reconoció de mala gana la verdad: podía no haber hecho caso de la carta o pedir a su abogado que se pusiera en contacto con King Industries. O haber hablado con alguien que no fuera él.

Pero no lo había hecho porque, en el fondo, a pesar del resentimiento, el dolor y la pena, deseaba hablar con él. Había sido una estupidez, un momento de debilidad que podía perdonarse. Al fin y al cabo, ¿no se aferraba todo amante despechado a la fantasía del amor con una leve esperanza?

Sin embargo, eso no implicaba que estuviera dispuesta a hablar de su matrimonio, del mismo modo que, cinco años antes, no lo había estado a contarle el accidente que le había cambiado la vida. Para eso hubiera sido necesaria una confianza que no existía.

–No, no estamos de acuerdo. Acepto que no hayas decidido personalmente retirar la ayuda al centro, pero la ayuda ha cesado.

La ira no iba a convencer a Malachi para que reconsiderara la decisión. Necesitaba un tono más conciliador. Addie se pasó la lengua por los labios. «Adopta un tono neutro y atente a los hechos», se dijo. La ayuda era vital para el centro y su generosidad sería muy apreciada. Pero, en primer lugar, debía sondearlo.

–Por eso, quiero que cambies de idea –añadió con firmeza.

Malachi se recostó en el asiento sonriendo como un depredador. Era una petición razonable que él tenía el poder de aprobar.

O no.

–Como te he dicho, recibo numerosas peticiones de ayuda financiera. Tú ya conoces muchos centros benéficos en Miami que la merecen.

–En efecto. Pero el trabajo que hacemos con los niños es muy valioso y único en esta ciudad.

Malachi se levantó suprimiendo un bostezo. ¿Para qué seguir con aquella conversación? La cantidad en cuestión no suponía nada para su fortuna. En unos minutos podía tener redactado un nuevo acuerdo, firmarlo y despedirse de Addie para siempre. O podía negarse a renovarle la ayuda y que se hicieran cargo del asunto sus abogados.

Sintió un dolor en el pecho. Después de que ella, por fin, se hubiera puesto en contacto con él, lo último en lo que pensaba era en decirle adiós.

–Es cierto, pero tienen que darse circunstancias excepcionales para que te renueve el apoyo.

Se produjo un largo silencio y Addie volvió a humedecerse los labios con la lengua. Sus palabras eran inocuas, pero ella sentía el peligro que ocultaban. Sin embargo, llegados a ese punto, ¿qué alternativa le quedaba?

–¿Qué circunstancias excepcionales? –preguntó con voz tensa y elevando el tono demasiado, una voz que le pareció desesperada y que no transmitía la imagen que ella pretendía darle. Quería que Malachi creyera que todo le iba muy bien, que se la imaginara como una persona maravillosa, con éxito y fuera de su alcance.

–No lo sé, pero supongo que tendré que examinar el caso con detenimiento... con mucho detenimiento. De hecho, tendría que reunirme en persona con quien lo solicita.

Addie contuvo la respiración y le pareció que el cuerpo se le había vuelto líquido.

–No... no me parece buena idea.

–Pero a mí sí. No voy por ahí reglando dinero a cualquiera.

–Yo no soy cualquiera. Soy tu esposa –se dio cuenta demasiado tarde de que había caído en la trampa.

–Razón de más para que nos veamos. Hablaremos de nuestro matrimonio.

¿De pronto quería hablar de su matrimonio? ¿Se había vuelto loco?

–No podemos y no quiero hacerlo. Hablar del pasado no va a cambiar nada –contestó ella con voz temblorosa–. Debemos aceptar que fue un error...

–¿Lo fue?

Había sido un desastre. Y él lo sabía tan bien como ella.

–Sí –replicó ella con rapidez–. No sé en qué estaba pensando.

–¿No lo sabes?

Su voz, lenta y llena de deseo, se introdujo en el interior de ella impidiéndole respirar con normalidad.

–Probablemente sea porque lo que compartimos tenía muy poco que ver con el pensamiento y mucho con arrancarnos la ropa mutuamente, cariño –añadió él.

Addie tragó saliva y sintió que la mano que sostenía el teléfono se le humedecía.

–No me acuerdo –susurró.

–No me lo creo –murmuró él–. Sé que recuerdas esa vez en el ascensor.

Ella se estremeció. Claro que recordaba las manos de Malachi debajo del vestido y su cuerpo arqueándose contra el de él mientras, enfebrecida, trataba de desabrocharle el cinturón.

–Aparte de que no tiene nada que ver con lo que estamos hablando, pasó hace mucho tiempo. Así que no, no me acuerdo –mintió–. A diferencia de ti, Malachi, mi vida, como la de la mayoría, no gira en torno al sexo.

–El sexo gobierna la vida de todos los seres humanos. ¿En qué crees que se basaba nuestra relación? ¿En que a los dos nos gusta el marisco?

Addie sintió una opresión en el pecho. Había sido lo bastante estúpida para creer que se basaba en el amor. Pero el amor implicaba sinceridad y confianza, no secretos y mentiras. Y ninguno de los dos le había dicho al otro la verdad.

–Ya no me gusta el marisco –le espetó ella–. Y tampoco quiero oír tu opinión sobre las relaciones. Y no quiero hablar en persona de ellas ni de ninguna otra cosa contigo.

–¿En serio? Qué pena. Esperaba que quedáramos para comer y hablar de mi apoyo económico al centro. Porque quieres que lo renueve, ¿verdad?

Addie se puso en pie con tanta fuerza que tiró la silla.

–No voy a comer contigo, Malachi.

–¿Te apetece más que quedemos a cenar? –preguntó él sin hacer caso de su furia–. ¿Qué prefieres? ¿Un restaurante francés? ¿Un ceviche? Acaban de abrir un magnífico restaurante peruano.

–Ni un francés ni un peruano. No voy a quedar contigo.

–Pues es una lástima, porque esa es la única manera en que podrás conseguir apoyo económico por mi parte.

–Muy bien. Conseguiré el dinero de otro modo.

–Seguro que sí. Recuerdo que eres muy imaginativa.

Finalmente, Addie perdió los estribos.

–Eres repugnante. No quiero volver a hablar contigo.

–No me ha quedado claro –contestó él riéndose– si hemos quedado a comer o a cenar.

Ella lanzó un grito furioso y colgó.

Mientras seguía riéndose, Malachi apagó el móvil y lo dejó en la mesa. Dijera lo que dijera Addie, su encuentro era tan inevitable como que el sol saliera y se pusiera. El corazón se le aceleró. No era el odio lo que había hecho que ella le colgara, sino el miedo. Temía la conexión que había entre ellos y su reacción ante la misma.

Con los ojos brillantes, sintió que la entrepierna se le endurecía y lanzó un largo y lento suspiro mientras un escalofrío de anticipación le recorría la columna vertebral.

Aunque Addie no hubiera sido la esposa perfecta que se imaginaba, no había sido aburrida, sino obstinada e impulsiva, por lo que la comida, o mejor la cena, estaba cantada. Lo único que debía hacer él era elegir el restaurante y la corbata que se pondría. Lanzando un suspiro de satisfacción, volvió a sentarse y a contemplar la vista.

Capítulo 2

ENTIENDO –Addie agarró el bolígrafo y, muy decepcionada, tachó el último nombre de la lista de su bloc de notas–. Gracias por haberme atendido.

Soltó un profundo suspiro. Era inútil. A pesar de sus esfuerzos, el dinero le llegaba solo para pagar el alquiler del mes siguiente y algunos recibos. Aunque le añadiera sus escasos ahorros, no podría pagar el sueldo a sus empleados. Si les contaba lo sucedido, estaba segura de que estarían dispuestos a esperar. Pero ¿por qué iban a tener que pagar las consecuencias de la conducta arrogante de su esposo?

Tenía la cabeza a punto de estallar. Y no solo a causa de su precaria situación económica. Volver a hablar con Malachi había removido en ella sentimientos profundamente enterrados que no sabía manejar. Se había pasado los cinco años anteriores fingiendo que su matrimonio no había existido y, en cuestión de veinticuatro horas, se había visto obligada a enfrentarse a su esposo y a la separación entre ambos.

Desde que había roto con él, Addie había dedicado toda su energía al trabajo. Era cierto que había salido con algunos hombres, pero ninguno podía compararse con Malachi, que no solo la había cautivado por su encanto y atractivo, sino que la había hecho encontrarse a sí misma, como lo había hecho la música. Sin embargo, eso no duró mucho, ya que pronto sintió que no hacía pie y que se ahogaba. Y, para entonces, ya estaban casados.

Todo eso había sucedido hacía tanto tiempo que no se explicaba por qué seguían casados.

Con respecto a Malachi, probablemente se debiera a que se había olvidado por completo de ella hasta el día anterior, cuando lo había llamado. En cuanto a ella, seguía casada por cobardía. La idea de volver a verlo le había resultado insoportable. En los meses siguientes a la separación, se había jurado que lo vería y le pediría el divorcio, pero siempre había hallado un motivo para no hacerlo. Y los meses se habían convertido en años. Cinco, para ser exactos, al día siguiente.

Sin embargo, necesitaba dinero. Y si comer con Malachi servía para obtenerlo, lo llamaría. Seguro que lo estaba esperando. Pero no iba a dejarlo elegir el restaurante como si se tratara de una cita. Tenía que hacer algo que le demostrara que lo iba a ver poniendo ella las condiciones.

¿Por qué no sorprenderlo mientras comía? Lo único que tenía que hacer era seguirlo hasta el restaurante y presentarse, lo que le borraría la sonrisa de satisfacción de su maravillosa boca. ¡Era muy fácil!

¿Lo era? Años atrás, una simple mirada de Malachi bastaba para que el deseo la invadiera de arriba abajo. Pero se dijo que eso se había acabado. Si su cuerpo no había aprendido las consecuencias de haberse enamorado de aquella sensual mirada, su sentido común y su orgullo impedirían que volviera a suceder.

¿Solo era la hora de comer? Malachi abrió mucho sus ojos grises mirando con incredulidad su exclusivo reloj suizo. El día se le estaba haciendo muy largo, lo cual no era habitual en él, y no podía concentrarse del todo en el trabajo, ya que seguía pensado en la conversación con Addie.

Se recostó en la silla y recordó la frustración de su voz. Pero no solo estaba furiosa: su voz traslucía algo más.

La imagen de ella apareció en su mente: los labios carnosos, los rizos pelirrojos y las largas piernas. Jadeante, se removió en la silla al recordar su boca contra la de él, el deseo que los había fundido hasta volverlos unos solo.

Durante la primera parte de su vida, había visto a sus padres usar la pasión y la emoción como si fueran dados de póquer y, ya adulto, se había jurado que no seguiría sus pasos y que la razón gobernaría su vida amorosa. Pero conoció a Addie y la precaución y el control se evaporaron.

Se levantó y se aproximó con rapidez a la ventana, que daba a la zona de juego del casino más importante que tenía en Miami. Había casi setecientas mesas de juego, cada una de las cuales ofrecía un cambio de fortuna, un nuevo comienzo, una vida mejor.

La expresión de quienes se jugaban todo lo que poseían, algunos en sentido literal, le parecía la expresión más pura de la esencia humana. Le resultaba estimulante y lo fascinaba tanto como la idea de volver a ver a su esposa.

Addie le había dicho que no quería volver a hablar con él, pero lo haría. No le quedaba más remedio. Y no solo por el dinero.

¿Adónde la llevaría a comer?

Agarró la chaqueta del respaldo de la silla y se la puso. Ella se negaría a verlo si sospechaba que estarían a solas. Un restaurante concurrido sería lo mejor. Conocía el sitio adecuado.

Abrió la puerta y su secretaria, Chrissie, y su ayudante alzaron la vista.

–Voy a salir a comer.

Las dos mujeres lo miraron sin entender.

–Tiene una cita con Andy a las doce y media –dijo Chrissie–. Siempre lo ve a esa hora.

Era cierto. La mayoría de los días veía a los directores del casino cuando llegaban a trabajar.

–Pues será un agradable cambio para los dos. Llama a Eights para reservar mi mesa habitual. Y dile a Andy que no me encuentro bien.

–¿Llamo para que le traigan el coche a la puerta?

–No, gracias, Chrissie. Necesito tomar el aire.

Después de pensar en Addie, lo que de verdad necesitaba era una ducha fría, pero un mojito helado tendría que servir.

El restaurante estaba atestado de hombres de negocios y mujeres seductoras. Su mesa estaba algo alejada del resto y desde ella se veía el mar.

Pidió la comida y se recostó en la silla mientras miraba el horizonte, donde espesas nubes oscuras se cernían sobre el agua azul turquesa. Se avecinaba una tormenta. A él no le importaba, ya que el mal tiempo era bueno para el negocio.

El móvil le vibró. Era un mensaje de Henry que le pedía que lo llamara. Pero no quería oír la voz de su padre mientras seguía pensando en Addie.

Tomó un trago de vino y dejó la copa en la mesa sorprendido por la mujer que caminaba hacia él. Como todos los demás hombres del restaurante, la observó mientras se desplazaba entre las mesas. Lo invadió una oleada de excitación.

Mientras miraba hacia delante con aire desafiante,

Addie atravesó la sala. Al entrar había sentido pánico. En teoría, podía decirse que Malachi ya no le importaba, que solo era otro hombre de negocios de su lista. Incluso podía recordar que él le había mentido y partido el corazón. Pero todos los razonamientos y la lógica quedaron olvidados cuando abrió la puerta del restaurante y entró.

Lo divisó inmediatamente. Nadie desprendía esa energía invisible que atrajo su mirada hacia la mesa a la que se hallaba sentado contemplando el mar. Respiró profundamente.

Era aún más guapo de lo que recordaba, con el cabello oscuro sobre la frente, el perfil de poeta y los ojos grises cambiantes que se asemejaban a un cielo invernal. Parecía tranquilo y relajado.

Addie comenzó a marearse. Pero, aunque era evidente que Malachi seguía teniendo el poder de desequilibrarla, no iba a dejar que se diera cuenta. Se aproximó a él con paso decidido y se detuvo frente a la mesa. Se miraron en silencio.

Ella habló primero.

—Querías comer conmigo. Aquí estoy.

—En efecto —respondió él mientras miraba apreciativamente su ajustado vestido negro. O, mejor dicho, las curvas que revelaba—. Tienes un aspecto increíble, cariño. Se ve que la vida te trata bien. Me parece que debiera ser yo quien te pidiera dinero prestado.

—¿Quién sabe? Tal vez un día lo hagas —ella se puso una mano en la cadera—. ¿Vas a pedirme que me siente? ¿O acaso has cambiado de idea?

—¿Con ese vestido? De ninguna manera. Siéntate —contestó él palmeando la silla que había a su lado. Addie no le hizo caso y se sentó frente a él.

Dos camareros a parecieron de inmediato, lo cual la tranquilizó momentáneamente, ya que retrasaba el momento de quedarse solos, lo cual sucedió al cabo de unos minutos.

—Que quede claro que pago yo —afirmó ella inmediatamente. Sus ojos se encontraron, azules y rebeldes los de ella, grises y brillantes los de él—. Me parece que es lo correcto

Malachi se encogió de hombros.

—Muy bien, puedes invitarme a comer, pero te advierto que no sale barato quedar conmigo.

—Esto no es una cita. Precisamente por eso invito yo, para que no haya malentendidos.

—Al menos déjame invitarte a algo de beber. ¿Te siguen gustando los *bellinis*?

Ella tragó saliva.

—Todavía te acuerdas.

Él no había dejado de mirarle el rostro.

—Por supuesto. Recuerdo todo sobre ti y sobre el tiempo que estuvimos juntos.

¿Era eso lo que su matrimonio había significado para él? ¿Una cantidad determinada de horas y días?

—Muy bien. Entonces recordarás lo importante que es mi centro benéfico para los niños a los que ayuda. Y no, gracias, no quiero un *bellini*.

—¿Una copa de vino, entonces? ¿O mi presencia te resulta lo suficientemente embriagadora?

Addie se obligó a mirarlo a los ojos.

—No bebo en las reuniones de negocios.

—Yo tampoco —dijo él llevándose la copa de vino a los labios—. Es poco profesional. Pero, por suerte, considero este encuentro un motivo de celebración.

Ella lo miró sin comprender.

—¿Una celebración? No sé de qué me hablas.

—Claro que lo sabes. Has sido tú la que me lo has recordado —alzó la copa y la hizo chocar con la botella de agua de ella—. Feliz aniversario, cariño.

Addie se quedó helada. Los ojos de él brillaban con una emoción que no entendía. Volvió rápidamente la cabeza para mirar el mar en el momento en que llegaba el camarero con la comida, que estaba muy bien presentada. Sin embargo, Addie pensó que no iba a disfrutar de su ensalada de langosta.

–Aunque sea nuestro aniversario –apuntó con frialdad– no creo que sea relevante para nuestra conversación. Prefiero que nos atengamos al verdadero motivo por el que estamos aquí.

–Desde luego –murmuró él–. Si te sientes más cómoda...

Addie lo fulminó con la mirada. La única razón de que siguiera sentada allí eran los niños y sus compañeros de trabajo. Si no hubiera decidido ponerse aquellos zapatos de tacón tan alto, habría salido corriendo a toda velocidad para huir de aquel rostro engañosamente cándido.

Soltó el aire lentamente al tiempo que se clavaba las uñas en las palmas. Lo importante era que, a pesar de que ella necesitaba ayuda, él no se diera cuenta. Tenía que parecer tranquila y controlada, no alguien necesitado de que le hicieran un favor.

Lo único que le hacía falta era no descentrarse.

–Estás muy callada, cariño. ¿No querías hablar? –Malachi volvió a clavarle los ojos en el rostro.

–Estaba pensando –respondió ella al tiempo que se encogía de hombros.

–Entonces, debiera marcharme –afirmó él comenzando a esbozar una sonrisa–. Una mujer callada es una granada de mano. Una mujer callada y pensando es una granada con la anilla suelta.

El sonrió mientras esperaba su respuesta. Ella se pasó la lengua por los labios, nerviosa ante su modo de escrutarla. Pero recordó el motivo que la había llevado allí y sacó del bolso un papel doblado que le tendió.

–Este es el acuerdo original

Él lo desdobló y leyó el contenido con el rostro impasible. Después volvió a mirarla.

–¿No te parece que es extraño que estemos juntos de nuevo?

Sus palabras la pillaron desprevenida, ya que esperaba que se refiriera a la carta. Apartó la mirada y la dirigió a la sala buscando algún punto de apoyo, que halló en dos corpulentos hombres de negocios que estaban en el bar.

–No estamos juntos.

–Entonces, ¿por qué estás asustada?

Ella montó en cólera.

–No estoy asustada –vaciló–. Supongo que siento un poco de aprensión –añadió mirándolo desafiante.

–¿Serviría de algo que te prometa que no voy a tirar la servilleta? –preguntó él con suavidad.

La invadió una oleada de calor con la fuerza de un huracán, pero ningún huracán podía ser tan peligroso o devastador como Malachi King. Comenzaron a arderle las mejillas y se fijó en el mantel de lino mientras sentía sobre ella la implacable mirada masculina.

–Preferiría que no mencionaras eso ahora –el corazón le latía con tanta fuerza que le sorprendió que el resto de los comensales no hubiera dejado de comer para mirarla.

–¿Cuándo querrías que lo mencionase?

–¡Nunca! –contestó ella con voz temblorosa–. No es adecuado.

Él se encogió de hombros.

–No recuerdo que te quejaras entonces.

Sus ojos brillaban como los faros de un coche. Ella

lo miró hipnotizada y horrorizada por la fiera y rápida reacción de su cuerpo a sus palabras y a la imagen que conjuraban.

¿Lo había dejado hacer eso? ¿En un restaurante? Sintió que el deseo se le alojaba en la pelvis y comenzó a temblar toda ella. El recuerdo se abrió paso en su mente. Había sido una excitante locura. Incluso en aquel momento le resultaba increíble que hubiera sucedido y que ella lo hubiera consentido.

Malachi tenía razón: lo que habían compartido tenía poco que ver con el pensamiento. Su relación se había basado en la pasión. En sus brazos, ella se había comportado de forma fiera, salvaje, deseosa de sus caricias. Él había despertado en ella a la mujer sensual que se escondía en la tranquila pianista, consciente de sus deberes, que practicaba las escalas todos los días.

Sin embargo, gracias a él, esa mujer había dejado de existir.

Lo miró a los ojos con frialdad.

–¿Quieres que me vaya ahora mismo?

Él agarró una rebanada de pan y la mordió.

–¿No sería un poco prematuro? Creía que había venido a hablar de dinero. Si te vas ahora, cariño, lo harás con las manos vacías. Además... –le dedicó una sonrisa lenta y sexy que la arañó por dentro–. Seguro que no quieres perderte el postre.

Sabía que a ella no le quedaba otra alternativa. ¡Qué altanero y pesado era! ¡Cómo lo odiaba!

No, no era cierto, a menos que el deseo que sentía en su interior con tal intensidad que le dolían las costillas pudiera calificarse de odio.

Tragó saliva. No debiera sentirse así, tan sin aliento, tan confusa.

Al ver que él se recostaba en la silla, con los ojos brillantes de satisfacción, tuvo un ataque de ira.

—Sé lo que te propones. Intentas que pierda los estribos para que me vaya.

—¿Ah, sí? —preguntó él enarcando las cejas—. No deja de sorprenderme que las mujeres malinterpreten la afirmación más sencilla y le saquen punta.

Addie tuvo que recurrir a toda su capacidad de contención para no lanzarle el vaso de agua a la cara.

—¡No he malinterpretado tus deplorables insinuaciones!

—No he hecho insinuación alguna. Me he limitado a contar un hecho histórico —respondió él con un brillo malicioso en los ojos.

Ella tuvo ganas de gritar. Era imposible hablar con él y aquella reunión era una farsa.

—No he venido a que me des una lección de historia, sobre todo si es tendenciosa.

El camarero volvió.

—¿Ha estado todo a su gusto, señor King?

—Todo perfecto, gracias. Las vieiras estaban deliciosas y a mi esposa le ha gustado mucho la ensalada de langosta, ¿verdad, querida?

¡La había llamado «mi esposa»! Lo miró a los ojos, perpleja.

—Sí —después se dirigió al camarero—. Muy buena —esperó a que el hombre se llevara los platos y a que volvieran a quedarse a solas—. ¿Por qué me has llamado eso?

Él la miró como si no la entendiera.

—¿Por qué no iba a hacerlo? Es lo que eres. No se te habrá ocurrido que puedes volver a aparecer en mi vida y empezar a exigirme dinero evitando hablar de nuestro matrimonio.

Addie se estremeció cuando Malachi le miró el

dedo anular en el que no había anillo alguno, pero lo miró desafiante, sin dejarse acobardar.

–No quiero hablar de nuestro matrimonio.

–Es evidente. Si hubieras querido hacerlo, te habrías puesto en contacto conmigo hace cinco años.

Ella palideció.

–Nada te impedía comunicarte conmigo. Y no he vuelto a aparecer en tu vida para exigirte nada. Estoy aquí porque tú insististe en que nos viéramos y ahora quieres imponerme el tema de conversación.

Su voz resonó en la sala y alzó la vista. El restaurante ya no estaba lleno: solo quedaban ellos dos y los hombres de negocios que estaban en la barra del bar.

–Tenemos que irnos –afirmó a toda prisa mientras miraba a su alrededor–. Se ha acabado el horario de comidas.

–Pueden esperar –respondió él encogiéndose de hombros.

–Qué arrogancia la tuya. Esta gente tiene una vida propia. No esperarás que se queden aquí unas horas más.

–¿Por qué no? Para eso les pagan.

Ella lo fulminó con la mirada.

–Pero no eres tú quien lo hace.

Se produjo un silencio. Lo miró a los ojos y vio en ellos un brillo extraño. De pronto, cayó en la cuenta.

–¿El restaurante es tuyo?

El asintió lentamente, disfrutando de su sorpresa.

–Sí. Por eso decidí que nos viéramos aquí.

Ella lo miró sin entender.

–Pero no has sido tú quien has decidido verme. Soy yo la que te ha seguido hasta aquí.

Él la observó casi con remordimiento y el corazón de ella comenzó a latir desbocado. Volvió a mirar a los hombres del bar. ¿Cómo se le había ocurrido que fueran ejecutivos? Negó con la cabeza ante su ingenuidad.

—Has hecho que esos dos me sigan.

Él se encogió de hombros, con los ojos llenos de satisfacción. Ella cerró los puños.

—Es su trabajo. Te vieron frente al despacho.

Addie sintió que la piel le ardía. Se la había jugado. Había fingido que se sorprendía al verla cuando sabía perfectamente que se presentaría allí. Sintió náuseas. Pero, ¿de qué se extrañaba? A él se le daba muy bien fingir. Hasta la había convencido de que la quería.

Se levantó con tanta brusquedad que los dos hombres del bar se pusieron en pie de un salto.

—No tenía que haber venido. Es imposible que te comportes como un adulto maduro y responsable...

—Siéntate —le ordenó en voz baja, pero con la suficiente autoridad para que ella se detuviera.

—¿Para qué? No quiero hablar contigo.

—Claro que quieres. Para eso me has seguido.

Su ira no parecía haberlo perturbado y ella se dio cuenta de que, a pesar de sus planes, era él quien tenía la sartén por el mango.

—Venga, Addie, siéntate —dijo en tono más suave—. Te voy a dar el dinero. Esa ha sido mi intención desde el principio —se sacó del bolsillo de la chaqueta un papel y lo deslizó a través de la mesa—. Es la copia de una transacción bancaria. Te he hecho una transferencia a tu cuenta... —consultó el reloj— ...hace unos veinte minutos. Tranquilízate, cariño, ya tienes lo que andabas buscando. Porque es eso lo que has venido a buscar, ¿verdad? —sonrió—. ¿Por qué no te sientas y nos portamos los dos como adultos maduros y responsables?

Tratando de conservar lo poco que le quedaba de dignidad, ella se sentó y lo miró fríamente.

–Vamos, es para ti.

Ella lo hizo de mala gana. Lo leyó y palideció.

–La cantidad no es correcta. Es el doble de lo que esperaba.

Él la miró a los ojos.

–Considéralo un regalo de aniversario.

–Es muy generoso por tu parte –contestó ella con voz ronca.

–Me alegro de que te guste –respondió él en tono agradable. Ella volvió a mirar el papel con nerviosismo temiendo que todo hubiera sido producto de su imaginación. Pero era real.

–Eres muy generoso. No sé lo que hubiera hecho sin el dinero. Significa mucho para mí. Gracias. ¿Cuánto tiempo tardará en estar disponible?

–Un par de horas –respondió él antes de dirigir la vista a los negros nubarrones y el mar gris–. Pero antes de que te lo gastes, quiero dejar unas cuantas cosas claras.

–Por supuesto. ¿Quieres que firme un contrato? Lo hago ahora mismo.

Él se volvió lentamente hacia ella y le sonrió.

–No es necesario. Ese dinero no procede de King Industries: es mío, de mi cuenta personal. Y mis condiciones también lo son.

Ella intentó tragar saliva para deshacer el nudo que tenía en la garganta.

–¿A qué te refieres?

Él habló con voz suave, la misma que había empleado cuando prometió amarla y respetarla para siempre. Pero sus rasgos eran duros como el pedernal.

–He sido muy paciente, cariño, pero me debes la luna de miel.

–No... No te entiendo.

–Te lo voy a explicar. Quiero que te vengas conmigo durante un mes y que seas mi amante.

Su mirada la inmovilizó en la silla.

–Si lo haces, podrás quedarte con el dinero. Y ¿quién sabe? Tal vez haya también una prima para ti.

Capítulo 3

S E PRODUJO un largo silencio. Addie lo miraba con incredulidad. Le resultaba imposible creer lo que acababa de oír. Repasó sus palabras en el cerebro, colocándolas y descolocándolas como si fueran las piezas de un rompecabezas en un intento fallido de hallarles otro significado.

¡Su amante!

Las palabras sonaron con mayor dureza en su cerebro que al pronunciarlas él. Tal vez Malachi la hubiera malinterpretado. O tal vez estuviera de broma. Pero al mirar su rostro frío e implacable se dio cuenta de que había hablado en serio.

—¿Te has vuelto loco? —preguntó temblorosa.

Miró el papel que estaba entre ambos mientra abría y cerraba los puños en el regazo.

—En la vida, todo tiene un precio, cariño.

—¡Un precio! ¿De qué hablas, Malachi? ¡Me acabas de ofrecer dinero a cambio de sexo!

Él le examinó el rostro, pálido y perplejo.

—Qué poco romántica eres. Creí que te estaba ofreciendo la luna de miel que no tuvimos.

—¡Por favor! —estalló ella—. Sabes perfectamente lo que acabas de decir y no tiene nada que ver con romanticismos —habló tan deprisa que estuvo a punto de ahogarse. Él le acercó el vaso de agua, pero ella le apartó la mano—. No quiero agua. No quiero nada de ti.

–Ya sabemos que eso no es verdad –dijo él al tiempo que negaba con la cabeza–. ¿Quieres que cancele la transferencia?

Addie vaciló. Sintió unas ganas inmensas de lanzarle el dinero a la cara, pero, ¿cómo iba a hacerlo? Sin él tendría dificultades para pagar el alquiler, por no hablar de mantener a los niños. Y perdería una parte de sí misma, la parte que más temía perder porque absorbía la energía y la emoción que antes había dedicado a tocar.

Apretó los dientes y lo miró a los ojos.

–¿Lo ves? –preguntó él sonriendo–. Todo tiene un precio, cariño –la miró con una complacencia tal que ella estuvo a punto de gritar–. Además, no es nada que no hayas hecho antes.

Ella lo fulminó con la mirada.

–¿El qué? ¿Acostarme con un hombre por dinero?

–Solo te pido que reanudemos nuestra relación.

–No es verdad. Te estás aprovechando de mí.

–No, lo que quiero es llegar a un acuerdo contigo.

–¿A un acuerdo? Eso no es un acuerdo. Es chantaje. Y resulta insultante –negó con la cabeza y empujó el papel hacia él–. No soy una señorita de compañía. Soy tu esposa, Malachi.

–¿Así que ahora quieres hablar de nuestro matrimonio?

La miró de forma tan desapasionada que ella sintió unas ganas locas de marcharse. Su propuesta ya era mala de por sí, pero no soportaba que convirtieran lo que habían compartido en algo tan horrible y retorcido.

–No, no quiero hablar contigo de nada. Tengo otro trato para ti. Quédate con el dinero y yo conservaré mi orgullo –se levantó y agarró el bolso–. Que disfrutes de la luna de miel.

–Addie...

Él se levantó y le tendió la mano, pero ella lo esquivó y corrió por el restaurante hasta la puerta. Salió a la calle y vio el cielo cubierto al tiempo que una fuerte ráfaga de viento la golpeaba. Echó a nadar deprisa por la calle que se estaba quedando vacía. Su tormentoso encuentro con Malachi no la había hecho reparar en la tormenta que se fraguaba en el exterior.

Tendría que tomar un taxi, pensó, mientras miraba los negros nubarrones. Si esperaba el autobús, se emparía. Extendió la mano para parar uno mientras caminaba a toda la velocidad que los tacones le permitían y se volvía de vez en cuando a mirar si venía alguno. Por fin, oyó que un vehículo se detenía detrás de ella.

Sin embargo, no era un taxi, sino una limusina negra con chófer uniformado.

El corazón le dio un vuelco y se echó hacia atrás cuando uno de los guardaespaldas del restaurante se bajó de un salto. Durante unos segundos pensó que iba a agarrarla, pero este se giró rápidamente y abrió la puerta de atrás, por la que se bajó Malachi.

Addie respiró hondo cuando otra ráfaga de viento la golpeó.

–¿No debieras estar haciendo la maleta? –le espetó.

–Addie, por favor, ¿de verdad quieres seguir con esto ahora? La tormenta va a ser fuerte, y debemos marcharnos de aquí.

–Ya lo sé. Por eso voy a tomar un taxi –contestó ella mirando la calle desierta.

–No hay taxis –dijo él situándose frente a ella–. Y esto se pone feo.

Para atestiguar que estaba en lo cierto, ella sintió en el rostro las primeras gotas de lluvia. Él le tocó levemente la mano.

–Te llevo a casa, ¿de acuerdo?

A pesar de la fría lluvia, Addie sintió una oleada de calor. De pronto, el sonido del viento se amortiguó debido a los fuertes latidos de su corazón. Pero apartó bruscamente la mano y se agarró la chaqueta con fuerza. Para que ella considerase la posibilidad de montarse en el coche con él, tendría que desencadenarse un huracán de fuerza cinco.

–Creí que me había explicado con claridad en el restaurante –dijo ella gritando contra el viento–. No quiero nada de ti, Malachi. Así que, si no te importa...

–Claro que me importa. ¿Y si te pasara algo? Imagínate la imagen que daría.

Addie lo miró con incredulidad al tiempo que trataba de que no le dolieran sus palabras.

–Entonces, ¿no se trata de mí ni de mi seguridad, sino de ti y de tu estúpida imagen?

–Me preocupa tu seguridad.

–A mí también. Por eso, no estoy dispuesta a montarme en el coche contigo.

De repente se dio cuenta de la calma que lo rodeaba, como si su cuerpo absorbiera la turbulencia del viento.

–Tú eliges, cariño: el asiento de atrás o el maletero.

–¿En serio? Primero intentas chantajearme y ¡ahora quieres secuestrarme!

Observó como los músculos de los brazos se le marcaban debajo del traje e instantáneamente se arrepintió de lo que había dicho. Malachi no tendría escrúpulos en meterla en el maletero, así que, después de volver a mirar la calle, tomó una decisión.

–Muy bien –dijo con los dientes apretados–. Te dejo que me lleves.

Los ojos masculinos brillaron de satisfacción por haber ganado. Ella pasó a su lado tratando de controlarse.

–Pero esto no cambia nada.

Se sentó alejándose lo más posible de él, hasta chocar con la puerta. Ya lamentaba haber aceptado porque su cuerpo se hallaba en estado de alerta al estar a punto de quedarse a solas con él y tenerlo muy cerca.

Pero ya era tarde para cambiar de opinión.

Él se subió al coche y, con toda tranquilidad, dio la dirección al chófer.

–¿Tiemblas o te estremeces?

La voz de él interrumpió sus pensamientos. Se volvió y lo fulminó con la mirada.

–¿Y a ti qué más te da?

–Iba a ofrecerte mi chaqueta.

–No te preocupes, no tengo frío.

–En ese caso, te estás estremeciendo –él sonrió–. ¿Tiene que ver conmigo?

Sabía que intentaba provocarla, pero eso no impidió que sus palabras la inquietaran. A pesar de sus esfuerzos por controlarse, era evidente que su cuerpo seguía reaccionando ante él como siempre lo había hecho.

Sin hacer caso del calor de sus mejillas, alzó la barbilla.

–Siento desilusionarte, Malachi, pero hace mucho que dejé de ser susceptible a tus encantos.

Él inclinó la cabeza y la miró de arriba abajo, lo que hizo que a ella la invadieran oleadas de deseo. Intentó tragar saliva.

–No pasa nada porque reconozcas que me deseas tanto como yo a ti.

Ella lo miró con el ceño fruncido. ¿Acaso había olvidado su despreciable propuesta de convertirla en su amante? Pero sabía por propia experiencia que le gustaba explotar todo y a todo el mundo, sobre todo a su esposa, para sus propios fines. Cinco años atrás había utilizado su imagen; en aquel momento, quería utilizar su cuerpo.

–No te hagas ilusiones. Ahora lo único que deseo con desesperación es bajarme del coche y alejarme de ti.

Él rio.

–Lo siento, cariño, pero tendrás que seguir conmigo.

–Solo hasta que llegue a casa.

–Ya veremos.

Addie se puso tensa y sintió miedo.

–No, no veremos, Malachi. Esto se acaba aquí.

Él se encogió de hombros.

–Yo lo considero más bien un punto de partida.

Ella negó lentamente con la cabeza.

–¿Para qué? ¿Para que me pagues a cambio de sexo? –sintió que comenzaba de nuevo a perder los estribos.

–Creo que podríamos hablar.

–Mira, Malachi, que haya aceptado que me lleves a casa no implica que quiera hablar contigo –respondió ella furiosa–. ¿Por qué iba a querer hacerlo después de lo que me has dicho en el restaurante? ¡Me has insultado!

Él la miró en silencio. Se había dejado guiar por un impulso al pedirle que fuera su amante. Al verla caminar hacia él, su maravilloso cuerpo había hecho que se decidiera: tenía que ser suya.

La idea se le había ocurrido de repente, pero no estaba seguro de por qué se la había propuesto. Era evidente que el deseo había desempeñado un papel, pero, en esa decisión, había intervenido algo más que la mera biología. Cuando, cinco años antes, había conocido a Addie, se le presentó la oportunidad de tener lo que había descartado por imposible e inalcanzable. Antes, ni siquiera había deseado casarse, pero ella era como una comezón que no conseguía calmar.

Después, al darse cuenta de lo bien que le vendría a su imagen, se convenció de que sería la esposa ideal y que su labor en el centro de beneficencia serviría de contrapunto a la suya de empresario despiadado. Su unión serviría, sobre todo, para que se recibiera de forma más positiva su nuevo casino en el centro de Miami.

Pero, en cuestión de seis meses, ella le había vuelto la vida del revés: se había apoderado de su corazón y de su apellido y había rechazado ambos. Y lo que era aún peor, su fallido matrimonio había despertado en él dudas e inquietudes de las que no había conseguido desembarazarse, y le había dolido que lo abandonara.

Volver a verla hizo que el cuerpo le doliera de deseo frustrado. Convencerla de que fuera su amante le había parecido la solución ideal, ya que satisfaría su deseo y erradicaría el sentimiento de impotencia que era el legado de aquella desgraciada relación.

Odiaba ese sentimiento, ya que le recordaba su dolorosa infancia, dominada por la caótica vida de sus padres. Addie le había parecido una réplica perfecta a esta. Era brillante, inteligente, independiente y sexy. Sin embargo, había resultado estar tan necesitada como sus padres, salvo por el hecho de que en vez de desorden, había llevado a su vida acusaciones y dudas.

Apretó los labios al recordar cómo se había sentido, sorprendido y humillado, cuando ella lo había abandonado. Era un amargo recordatorio de lo que sucedía cuando se dejaba guiar por la lujuria, en vez de por la lógica, a la hora de tomar decisiones. Pero no era tarde: todavía podía marcharse. Pero la negativa de ella había intensificado su determinación de hacerla cambiar de idea.

Aunque no le resultaría tan fácil como quisiera.

—Te deseo, Addie —dijo en voz baja— y estoy dispuesto a pagar pata tenerte.

Se miraron a los ojos y ella sintió calor en la nuca. Debiera sentirse indignada, y en parte lo estaba, por la brutalidad de sus palabras. Pero había otra parte de ella que temblaba de anticipación y deseo, a pesar de que ya no estaba enamorada.

Revivió la imagen de sí misma con el rostro hinchado de llorar, tumbada en el sofá bajo el edredón. «Recuérdalo», se dijo. Ninguna cantidad de dinero ni de gratificación sexual le compensaría por lo que vendría después.

—Pues no me tendrás, Malachi. Esto no ha sido buena idea, así que gracias por traerme, pero creo que será mejor que me baje aquí. Sé cuidarme yo sola.

—¿Por eso te has sentado tan lejos?

Al verla morderse el labio inferior, se excitó. Vio en sus ojos el dilema en que se debatía. Deseaba lo mismo que él, pero no lo reconocía. Tal vez hubiera llegado el momento de cambiar de táctica.

—¿Es para demostrarme tu independencia o porque te pongo nerviosa?

Ella lo fulminó con la mirada.

—¿Nerviosa? ¿Por qué iba a estarlo?

—Por estar aquí conmigo —murmuró—. Solos los dos. Hubo un tiempo en que no podíamos dejar de tocarnos...

Oyó que a ella se le aceleraba la respiración y se estremeció ante su triunfo. Estaba algo más que nerviosa: estaba excitada.

—Eso fue hace tiempo. Y muchas cosas han cambiado desde entonces.

–Y muchas otras no. Como esta –extendió el brazo por el respaldo del asiento y le acarició levemente el cabello–. Esto no ha cambiado en absoluto. Sigue siendo tan hermoso como antes –agarró un rizo y se lo enrolló en un dedo.

Con el corazón latiéndole a toda velocidad, Addie le apartó la mano.

–Pues estoy pensando en teñirme de rubio y en cortarme el cabello muy corto.

Con dificultad, apartó la vista de sus ojos oscuros. ¿Creía él que una sola caricia bastaría? ¿Que acariciarle el cabello sería suficiente para que ella se lanzara a sus brazos y olvidara su intento de chantajearla? Contuvo la respiración. Probablemente fuera así, ya que estaba acostumbrado a que las mujeres se lanzaran sobre él. Y parecía que ella estaba de acuerdo, a juzgar por la forma de vibrar de su traicionero cuerpo.

–Iré andando desde aquí –dijo rápidamente mientras miraba la acera mojada por la lluvia–. Parece que lo peor ha pasado.

Se volvió hacia él y deseó no haberlo hecho. Su mirada la atrapó de tal manera que, aunque hubiera querido abrir la puerta y salir corriendo, no habría podido.

–¿Por qué me miras así? –preguntó con voz ronca.

–¿Tú qué crees? –él se inclinó hacia delante con lentitud, le agarró la mano y comenzó a juguetear con sus dedos.

Ella intentó decirle que no lo sabía ni le importaba, pero las palabras se negaron a salir de su garganta. Se recostó en el asiento.

–Da igual lo que yo crea. Nada de esto es real.

–Pues a mí me pareces muy real –apuntó él sin soltarle la mano–. Y también me lo parece lo que siento en este momento.

Ojalá pudiera salir volando, pensó ella. Pero no podía defenderse ni huir. Incluso pensar le suponía un esfuerzo notable. Siguió mirándolo sin poderlo remediar, hipnotizada por el brillo de sus ojos. Deseaba cerrar los ojos, aspirar su aroma masculino y creerse lo que le decía. ¿Cómo podía no ser verdad cuando lo decía con aquella voz?

Lentamente apartó la mano. Parecía verdad porque lo era. Probablemente Malachi se sintiera así en ese momento. Pero se le pasaría. Por muy hermoso y atractivo que pareciera, el sentimiento sería tan pasajero como una puesta de sol.

—Pero eso no implica que esté bien —dijo ella al tiempo que sentía su mirada fija en su rostro.

—Está más que bien: es perfecto. De ese modo, todo estará bien entre nosotros, sin expectativas, presiones ni promesas.

Hacía que pareciera tan sencillo que ella vaciló.

Él se le aproximó un poco más y ella vio en sus ojos un deseo tan intenso que se quedó sin aliento. Sintió pánico al comprobar que sus ojos le indicaban lo que ya sabía: que seguía siendo suya y que reclamaba que volviera.

—¡Basta! —exclamó alzando la mano—. Deja de decir eso y no te acerques ni un milímetro más. No quiero que lo hagas.

—Solo porque no confías en ti misma.

Él levantó la mano y apoyó la palma en la de ella. A Addie le pareció que el deseo iba a partirla en dos.

—¿Por qué te resistes? Me deseas tanto como yo a ti. Dime que me equivoco.

Ella sabía que debía hablar para rechazarlo, pero la voz se negaba a salirle de la garganta. Y aunque lo hubiera hecho, no habría podido hilar una frase que tuviera sentido.

El deseo se derramaba sobre su piel como la leche que rebosaba de una cacerola. Y, de pronto, quiso que la abrumara para dejar de luchar y sumergirse en el cálido líquido. Él había entrelazado los dedos con los suyos y la atraía inexorablemente hacia sí. Y supo que iban a besarse, y se alegró porque, a veces, los besos eran menos complicados que las palabras.

Apoyó los dedos sobre los labios masculinos y se estremeció al ver su mirada cargada de deseo. Le acarició la mandíbula y el oscuro cabello y aproximó la boca de él a la suya.

Cuando sus labios se unieron, sintió un voluptuoso deseo en la pelvis y la cabeza comenzó a darla vueltas cuando él la besó con mayor profundidad. Con un gemido, arqueó el cuerpo hacia él al tiempo que él deslizaba la lengua entre sus labios entreabiertos y la agarraba por la cintura y, después, por los muslos

–Addie...

Oyó que susurraba su nombre mientras una mano se le deslizaba por el muslo y más arriba, por debajo del dobladillo del vestido hasta el pulso que le latía entre las piernas. Sintió que se derretía. Jadeante, se apoyó en los duros músculos del pecho masculino temblando de deseo mientras su cuerpo exigía más. Le tiró de la camisa para sacársela del pantalón.

–Para, cariño –gimió él.

Y luego lo dijo en voz alta, separando su boca de la de ella y apartando las manos. Ella lo miró perpleja mientras su desorientado cerebro comenzaba a asimilar la situación en que se hallaba.

Abrió los ojos y, con la cara ardiendo, miró horrorizada su reflejo en la ventanilla. ¿Cómo había consentido que aquello ocurriera? ¿Había perdido el juicio?

Pero culparse de lo que había sucedido tenía el

mismo sentido que culpar a la luna por controlar las mareas.

—Esto no debiera haber ocurrido —dijo mirándolo contra su voluntad.

Él se recostó en el asiento mientras la observaba estirándose el vestido.

—Pero ha sucedido.

—Ha sido un error.

—¿Aprendemos de nuestros errores? —preguntó él al tiempo que la agarraba de la mano.

—Yo lo he hecho. He aprendido que no debo subirme al coche de un desconocido —respondió ella mientras intentaba que le soltara la mano. Pero él la agarró con más fuerza y la atrajo hacia sí hasta apretarla contra su cuerpo.

—Pero no soy un desconocido. Soy tu esposo.

Volvió a besarla y ella sintió de nuevo la misma atracción y el mismo deseo que antes, pero más intensos. Gimió suavemente.

—Vente conmigo, Addie. Tenemos que hablar. Por favor, di que sí.

Ella lo miró con impotencia, mareada de deseo y, por fin, asintió. La atracción sexual entre ambos era irrefutable, así que ¿para qué seguir intentando suprimirla?

—¡Dilo! —él le tomó el rostro entre las manos—. Quiero oírlo de tus labios.

Ella titubeó. Si hablaba, si accedía, lo haría sabiendo que Malachi no la quería. Se removió en el asiento. Tal vez fuera más fácil así. No volvería a haber corazones partidos ni sueños hechos trizas. De hecho, los sueños se harían realidad para los niños que aprendieran a volver a creer y a confiar mediante la música. El centro que había fundado, y que le había devuelto la pasión y el orgullo, crecería y prosperaría.

Y sería por decisión propia, no como la vez anterior, cuando, deslumbrada y dócil, había ido siempre a remolque de las circunstancias.

–Sí me iré contigo –afirmó levantando la barbilla con determinación. Carmen, su empleada, no dejaba de rogarle que se tomara unas vacaciones. Estaría contenta de sustituirla.

Sintió que el coche disminuía la velocidad mientras él volvía a besarla y le acariciaba el cabello. Después la miró a los ojos.

–Aún estás a tiempo de cambiar de idea.

Ella estuvo a punto de soltar una carcajada. Ya era tarde, lo había sido desde el momento en que aquella carta había aparecido en su escritorio.

Negó con la cabeza.

–No, tienes razón, tenemos que hablar. Además, me vendrán bien unas vacaciones.

–Puede que necesites otras cuando volvamos –apuntó él con los ojos brillantes–. Es posible que estas sean bastante... extenuantes.

Antes de que ella pudiera contestarle, Malachi dio unos golpecitos en la ventana y el coche se detuvo.

Addie desmontó y miró el cielo. Había dejado de llover y el sol comenzaba a abrirse paso entre las nubes. Se volvió hacia él.

–Y ahora, ¿qué?

Él la atrajo hacia sí y la abrazó por la cintura.

–Subes a tu casa y haces la maleta –dijo en tono burlón–. Nos vamos el lunes.

–¡El lunes!

Él asintió.

–El chófer vendrá a buscarte a las nueve. No lo hagas esperar mucho.

Addie comenzaba a sentirse abrumada por la velocidad a la que se sucedían los acontecimientos y porque eso le recordaba lo rico que era Malachi, pero se limitó a asentir.

—¿Adónde vamos? ¿A Nueva York?, ¿a Francia?, ¿a la luna?

Él rio suavemente.

—Al Caribe. Tengo una isla allí, cerca de Antigua —sonrió al ver su expresión de asombro.

—¿Eres dueño de una isla? ¿Cómo es?

—Como suelen ser: arena blanca, palmeras... Un paraíso terrestre.

A ella se le ocurrieron un montón de preguntas, pero él ya se había vuelto a subir al coche.

—¡Espera! —dio un golpe en la ventanilla y él la bajó.

Malachi se inclinó hacia delante esbozando una sonrisa burlona.

—¿Qué pasa? ¿Ya me echas de menos?

Ella frunció el ceño. La brisa fresca la estaba despejando la cabeza.

—Tengo que saber qué debo meter en la maleta.

Él lanzó una carcajada.

—Es nuestra luna de miel, cariño. No tienes que meter nada.

Capítulo 4

EN EL pequeño dormitorio de su piso, Addie miró con desesperación la bolsa de viaje medio vacía que había sobre la cama. Se había despertado pronto y, al cabo de una hora de estar tumbada en la oscuridad, se había levantado con la intención de estar tranquila cuando el coche llegara a recogerla. Pero aún no estaba lista y, tratando de contener el pánico, se dejó caer en la cama.

Todo sucedía demasiado deprisa. Tres días antes llevaba cinco años sin ver a Malachi. Y ahora se iba a marchar un mes con él. Sola. Esa misma mañana.

Comenzó a doblar la ropa y a meterla en la bolsa.

Cuando Malachi se había marchado, estaba agotada, como si hubiera llevado a cabo uno de los trabajos de Hércules. Se llevó la mano a la boca y recordó el calor de sus besos.

¡Francamente, Hércules lo había tenido fácil! Prefería dedicarse a matar monstruos que a resistir los encantos de su esposo que, a su manera, podía causar las mismas desgracias que un perro de tres cabezas. Y siempre conseguía lo que quería.

Aunque, para ser sinceros, ella quería lo mismo. Más que eso. Había sentido una oleada de deseo frenético e imparable cuando había vuelto a sentir sus manos en el cuerpo y su boca en la suya.

Y había sido él quien se había apartado. Solo más tarde, Addie se había dado cuenta de lo cerca que había estado de dejar que le hiciera el amor en la parte trasera del coche.

Se había asustado al percatarse de lo mucho que seguía deseándolo y, aún más, al darse cuenta de que, en vez de sentirse avergonzada, lo sucedido la había llenado de júbilo y la había excitado. Desde que habían roto, su trabajo se había convertido en su vida. A veces iba al gimnasio o veía a amigos cuando acababa de trabajar. Pero, en general, cenaba en el sofá antes de ir a acostarse sola.

E iba a pasarse un mes en una isla del Caribe con Malachi. Soltó el aire lentamente.

Estaba casi segura de que lo iba a lamentar. Pero esos minutos en la limusina le habían demostrado lo que llevaba tanto tiempo negándose a reconocer: no había superado su relación con Malachi y seguía sintiéndose casada con él.

Se estremeció. Dicho así, parecía una locura. Pero no se engañaba: aquella «luna de miel» no era el último intento de salvar la relación, sino el agridulce final de un matrimonio que nunca había sido tal. Al menos para ella. Ahora, por suerte, la relación sería más sincera, a pesar de que, o tal vez porque, implicaba un sencillo trato: sexo por dinero.

El corazón no entraba en el trato, solo su cuerpo, y solo durante un tiempo limitado. Y, por supuesto, una buena suma de dinero.

Cerró la bolsa.

¿Era superficial, mercenaria o inmoral?

No lo creía.

Nunca había pedido nada a Malachi, ni un centavo, y seguía sin haberlo hecho. El dinero era para el centro. Pero al volver a verlo se había dado cuenta de que no podía seguir evitando el pasado. Por fin estaba preparada para dar por terminados todos esos años en que había estado haciéndose preguntas, esperando y sufriendo. Esa sería la última vez que estaría con su esposo. Entonces, ¿por qué no sacarle el máximo partido?

Al fin y al cabo, había formas mucho peores de pasar un mes que en una isla privada con un multimillonario guapo y sexy.

Al pensar en la isla de Malachi sintió miedo. ¿Cómo iba a sobrevivir un mes sola con él en una isla desierta?

Siguiendo las reglas. Besarse sería prácticamente inevitable, pero no habría nada de eso que la parejas hacían sin pensar, ya que se trataba de un acuerdo comercial y los límites estaban claros.

Esperaba que la tratara con respeto. Era él quien tenía el dinero, desde luego, pero el acuerdo solo funcionaría si ella establecía que, aunque su cuerpo tuviera un precio, ella, Addie, estaba más allá de su riqueza. Lo que le quedaba de orgullo le exigía eso.

Y si la situación se le hacía insoportable, tomaría un avión de vuelta a Miami. Todavía le quedaba el dinero suficiente para poder hacerlo.

El móvil vibró. Miró la pantalla y el corazón le dio un vuelco: el coche la recogería al cabo de veinte minutos. Era justo el tiempo que necesitaba para secarse el cabello, buscar el pasaporte y volver a comprobar que Carmen sabía que se quedaba a cargo del despacho durante las cuatro semanas siguientes.

Media hora después, vestida con una minifalda azul y una blusa color crema, se hallaba sentada en la parte trasera de la limusina. Se miró los zapatos de tacón y frunció el ceño. Casi nunca llevaba tacones fuera del trabajo, y no se trataba de un calzado práctico para unas vacaciones en la playa, pero quería recordar por qué estaba allí, que se trataba de un asunto de negocios, no de uno personal. Además, necesitaba los tacones para igualar la altura de Malachi.

Al sentir que la velocidad del coche disminuía, miró por la ventanilla y vio que habían llegado a un aeródromo privado. Contuvo la respiración ante el avión blanco, con el nombre de King Industries, que había en la pista. Una fila de auxiliares de vuelo esperaban, todos ellos con el aspecto de acabar de salir de las páginas de *Vogue*, lo que hizo que se sintiera como la sustituta no preparada de la actriz principal de una obra de teatro.

¿A quién esperaban? ¿Qué les había dicho Malachi?

Pronto lo averiguaría.

Cuando la limusina se detuvo y el chófer le abrió la puerta, ella desmontó. Inmediatamente, el auxiliar de vuelo más cercano a ella se acercó a toda prisa sonriendo.

—Buenos días, señorita Farrell. Me llamo John. Soy el sobrecargo de este vuelo y me voy a ocupar de usted. Bienvenida a King Airlines.

Una vez en el interior del avión, Addie tuvo que apretar los dientes para no abrir la boca. Había volado antes, incluso en clase preferente. Pero aquello...

Miró a su alrededor lentamente.

No se parecía a ningún otro avión en el que hubiera viajado. En vez de filas de asientos con un pasillo en medio, había una sala abierta que tenía la anchura del avión. Entre enormes sofás de cuero, había mesas con jarrones de flores. Había incluso un bar.

Cinco minutos después estaba sentada en un sofá tomándose un café en una taza de porcelana. La puerta que había al final de la cabina se abrió y entró Malachi.

—Lo siento, cariño. He tenido que ver a algunas

personas antes de marcharme para dejar todos mis asuntos en orden.

Antes de que ella pudiera responderle, se sentó en un sofá al lado del suyo, le quitó la taza de las manos, se la sentó en el regazo y la besó con tanta pasión que la dejó sin aliento.

—Te he echado de menos.

Tenía los ojos fijos en los labios de ella y su rostro era tan perfecto que, durante unos segundos, ella no supo qué decir. Lo miró con precaución mientras él le sonreía.

—Ahora es cuando tienes que decir «yo también te he echado de menos» —dijo él en voz baja.

Ella se puso tensa. Su cuerpo respondía a la presión del brazo masculino en su cintura y a la provocación oculta en su voz.

—Solo han pasado dos días. Has sobrevivido los cinco años anteriores sin mí.

—¿Cómo sabes que he sobrevivido? —una sombra cruzó su rostro, peo desapareció demasiado deprisa para que ella pudiera interpretarla—. Tal vez me los haya pasado metido en la cama, sin energía y angustiado.

—Pues alguien clavadito a ti se ha estado moviendo por Miami y ha aparecido en actos públicos y cenas para recaudar dinero para causas solidarias. Tal vez debieras investigarlo cuando vuelvas La suplantación de identidad es un delito grave.

—Me halaga que me hayas seguido el rastro.

—No lo he hecho —protestó ella, pero se calló cuando la mano de él le rozó la blusa.

—Me gusta esta blusa. Es recatada, pero sexy— le recorrió con la mirada las piernas y los zapatos—. Y también me gustan los zapatos.

Deslizó la mano bajo la blusa y ella sintió sus dedos fríos sobre la piel caliente. Y, de pronto, él gimió y la levantó con suavidad de su regazo y volvió a dejarla en el sofá.

—¡Maldita sea, Addie! —hizo una mueca de dolor.

—¿Qué pasa? —lo miró sin comprender al tiempo que le parecía que le hubiera amputado algo al haberla separado de su cálido cuerpo.

Él negó con la cabeza mientras sonreía con ironía.

—Hay un montón de gente esperando que firme un contrato y me vuelves completamente loco, por lo que no sé si seré capaz de escribir mi nombre.

Ella tardó unos segundos en asimilar lo que le decía: que tendría que esperar. Lo miró a los ojos y vio que brillaban burlones, por lo que montó en cólera. ¿Así iban a ser las cosas? ¿Él iba a estarle recordando continuamente quién tenía la sartén por el mango?

Por supuesto que sí.

Desde el principio, Malachi había dictado los términos del acuerdo. Y, como era propio de él, lo había hecho con una sonrisa burlona en su hermoso rostro. Así que, desde luego, ya que ella estaba allí, en su jet privado, el símbolo definitivo de su riqueza y poder, él la haría esperar para demostrarle que, aunque ambos sintieran la misma atracción sexual, era él quien estaba al mando.

De todos modos, ella se había prestado a aquella farsa ridícula sabiendo desde el principio que él se deleitaría en atormentarla. Y recordó lo bien que se le daba hacerlo, como la tenía esperando hasta ponerla frenética, hasta volverla loca de deseo.

Apretó los dientes. La respuesta madura, la única posible, era no responder en absoluto para no darle la satisfacción de saber que la había puesto furiosa. Sin embargo, el haber aceptado acompañarlo en aquel viaje no implicaba que fuera su concubina, por lo que debía hallar el modo de recordárselo.

Se miraron en silencio y, por fin, ella se encogió de hombros.

–Muy bien. Buscaré entretenimiento –sacó del bolso una novela–. Pensé que me vendría bien para el viaje –afirmó con suavidad.

–*La inteligencia emocional de la mente adolescente*. Parece fascinante, pero creía que estabas aquí para interesarte por mi cuerpo, no por mi mente.

Ella alzó la barbilla y lo miró.

–Pues es un libro muy interesante y formativo.

–No me cabe la menor duda –le lanzó un beso antes de levantarse y salir de la cabina.

Volvió en menos de media hora desprendiendo energía al caminar, como un coche de carreras a punto de arrancar.

–¡Ya está! –dijo con voz triunfal. Se sentó al lado de ella, tomó un puñado de fresas de la mesa y comenzó a comérselas–. Ya puedo dedicarme a ti por completo –le quitó el libro de la mano y lo dejó en la mesa–. ¿Dónde estábamos? Ah, sí... ¿Por qué no te sientas en mi regazo?

Ella lo miró en silencio. No quería contestarle por miedo a perder los estribos. ¿Qué se había creído? ¿Que podía volver, chasquear los dedos y que ella acudiría corriendo? ¿Que dejaría lo que estuviera haciendo por él?

«Contrólate», se dijo. «Demuéstrale que no va a pisotearte. Aunque tenga un avión, una limusina y mucho dinero, no puede poseerte a menos que se lo gane».

–Tengo una idea mejor –se levantó, se alisó la falda y observó que él le miraba las piernas antes de volver a su rostro–. ¿Por qué no vamos a un sitio más íntimo? –la mirada de él le pareció, de repente, tan centrada e intensa, que se le hizo un nudo en el estómago. Sin embargo, le sonrió fríamente–. ¿Elijo una puerta o me enseñas tú el camino?

Ella lo siguió mientras él la guiaba por una escalera en espiral que debía de conducir a la zona privada del avión. Contuvo la respiración. Él ni siquiera la estaba rozando, pero lo deseaba intensamente. Y, sobre todo, deseaba que él la deseara de la misma manera o incluso más, que estuviera subyugado por ella. Quería tener poder sobre él, ir más allá de la máscara y de aquella hermosa sonrisa y arrebatarle su autocontrol.

Habían llegado al final de la escalera. Él abrió una puerta y se echó a un lado para dejarla pasar. Ella tardó unos segundos en entrar. Era otro salón más pequeño. Había dos espejos de marco dorado en las paredes y mesas de madera con montones de libros. Vio que él la miraba. Sus ojos se habían oscurecido y habían perdido el color gris. Ella sintió que su cuerpo respondía a ese cambio.

–Ya estamos en un lugar más íntimo –dijo él en voz baja.

Ella le respondió tratando de mantener la calma.

–Es distinto, menos...

–¿Ostentoso?

–Iba a decir menos formal.

Él se echó a reír.

–¡Qué diplomática eres! –dijo pasando a su lado–. Lo de abajo es una extensión de mi despacho, por lo que debe dar una determinada imagen de mí. Aquí soy yo.

Ella, algo menos tensa, miró a su alrededor. Le gustaba la comodidad y la elegancia del salón.

–¿Qué hay allí? –señaló una puerta que había al otro extremo.

–El gimnasio y la sauna.

–¿Y arriba? –indicó una escalera que parecía sostenerse en el aire. Él se volvió y su mirada se deslizó por la piel de ella como la seda.

–Ven a verlo –le tendió la mano.

«Hazlo», se dijo ella–. «Hazlo a tu modo. Toma el mando».

Lo agarró de la mano, pasó a su lado y subió las escaleras lentamente sin soltarlo. Al llegar arriba, se detuvo y miró: había una cama. Se volvió, le tiró de la camisa y se puso a desabotonársela. Lo pilló desprevenido y se dio cuenta de que lo había sorprendido. Pero enseguida la besó en la boca con fiereza. Ella le devolvió el beso con desesperación y lo abrazó por el cuello, embriagada por la libertad de poder acariciarlo y besarlo.

Aspiró el olor de su piel y gimió suavemente. Él también lo hizo, lo que la puso eufórica. Él la agarró de la cintura y la obligó a andar hacia atrás mientras sus piernas presionaban las de ella. Ella cayó en la cama y abrió la boca ante la presión de los labios masculinos.

Él la acarició todo el cuerpo, le quitó la blusa y la dejó sin defensas. Addie sintió su cálido aliento en la garganta, la caricia de su boca, que la aturdía y, gimiendo, llevó la mano a los duros músculos de su estómago hasta que notó que el cuerpo de él se estremecía.

–¡Malachi! –susurró ella jadeando. Él se detuvo y la miró con ojos brillante como el acero.

–¿Qué pasa? –murmuró.

Addie se estremeció. Los dedos masculinos la acariciaban el vientre en círculos e iban descendiendo y descendiendo. Ella suspiró de placer.

De repente, él levantó la mano y ella gimió. Él la miró con una expresión tan llena de deseo que ella se retorció sobre las sábanas. No había forma de ocultar lo mucho que deseaba que la siguiera acariciando, sentir su cuerpo sobre el suyo y dentro de ella.

–Malachi... –tragó saliva intentando controlar el deseo y la urgencia en su voz.

–Addie...

Ella lo miró implorante. Él le lamió un hombro y siguió con la clavícula y la base de la garganta hasta que ella comenzó a temblar. Le desabrochó el sujetador y le liberó los senos. A punto de ahogarse, ella se frotó contra sus caderas, tentándolo con su cuerpo para que él respondiera al clamoroso deseo que la hacía arder. Pero él apartó la tela del sujetador, le lamió y mordisqueó los senos y trazó círculos con la lengua alrededor de los pezones.

Al final, ella no pudo resistirlo más y le metió la mano en los pantalones para rodear su dura masculinidad.

Él comenzó a respirar muy deprisa. Le agarró la cabeza y comenzó a besarla de nuevo con pasión y fiereza, hasta que ella pensó que se derretiría de deseo. Quería liberarse de aquel fuego interior y sentirlo dentro de ella, acabar lo que había iniciado.

Comenzó a desabrocharle el cinturón a toda prisa. Él le agarró la mano y ella lo miró aturdida.

–Espera, espera, cariño. No debemos...

–¿Qué? –preguntó ella con el ceño fruncido–. ¿Qué quieres decir? –su voz era ronca. Lo único que sentía era el deseo de él, de todo él, y anhelaba el júbilo de sentirlo en su interior.

Él negó con la cabeza.

–Aquí no. Ahora no.

Ella lo miró con el cuerpo temblándole de deseo insatisfecho. Tuvo que morderse la lengua para no pedirle que le hiciera el amor. Él le puso la mano en la nuca y la miró a los ojos con calma. Le examinó el rostro durante unos segundos, le apartó la mano y se separó de ella tumbándose a su lado en la cama.

Addie sintió el aire frío en la piel, pero no era tan frío como la expresión calculadora del rostro de Malachi.

¿Por qué la miraba así?, se preguntó, inquieta. ¿Y de dónde había sacado la fuerza de voluntad para detenerse? Pensar que, a diferencia de ella, él hubiera mantenido la cabeza fría para poder romper el febril abrazo fue como recibir un puñetazo en el estómago. Con las mejillas ardiendo, respiró hondo y se sentó en la cama.

Él no dijo nada mientras se ponía el sujetador y la blusa y se estiraba la falda. Estaba horrorizada por su comportamiento y humillada porque, en vez de controlarse, se había dejado llevar. No había sido él quien le había pedido que aliviara las exigencias de su cuerpo, sino ella la que se había centrado únicamente en satisfacer su ardiente deseo de él.

Un zumbido discreto pero insistente rompió el silencio. Malachi pulsó un botón situado en un panel encima de la cama.

—¿Sí?

—Disculpe, señor King, pero quería decirle que estamos llegando a Antigua así que tendrían que abrocharse los cinturones.

—Desde luego —se volvió hacia ella—. Será mejor que volvamos a nuestros asientos.

Él se alisó el cabello con las manos, se abrochó la camisa y volvió a ser el elegante y eficiente magnate de siempre.

—¿Quieres arreglarte un poco? —preguntó a Addie.

Ella fue al cuarto de baño, se miró al espejo y se peinó mecánicamente. La mano le temblaba demasiado para pintarse los labios o maquillarse, por lo que, en su lugar, intentó ponerse la misma máscara de distanciamiento que Malachi conseguía mostrar sin esfuerzo aparente.

¿Cómo lo hacía? Incluso en aquel momento, vestida de arriba abajo y separados por una puerta, su cuerpo seguía deseándolo y apenas podía pensar.

Gimió suavemente. Había querido demostrarle que, a pesar de la diferencia existente entre ambos en cuanto a riqueza y posición social, en aquel viaje serían iguales en el plano sexual. Pero la dura realidad era que lo único que había hecho era manifestarle lo mucho que seguía deseándolo y que estaba dispuesta a satisfacer todos sus caprichos.

Se estremeció. El problema era que no podía hacer lo mismo que él, que no podía liberar su mente del deseo y la pasión. Hasta que sufrió el accidente de coche, su vida había consistido en vivir emociones a través de la música. Tocar el piano exigía pasión y disciplina, poesía y práctica.

Frunció los labios. El sexo con Malachi no iba a ser tan fácil como había creído. Y no porque ella lo amara, sino porque parecía incapaz de librarse de la emoción que el sexo con él le producía.

El corazón comenzó a palpitarle. ¿Y qué si no podía controlar ni reprimir sus sentimientos? ¿Acaso quería ser como Malachi? ¿Ser cálida y encantadora por fuera, pero totalmente inmune a los verdaderos sentimientos?

No, no era eso lo que quería.

Su matrimonio con Malachi le había costado cinco años de vida, sus esperanzas, casi todo su orgullo y tres kilos. No estaba dispuesta, además, a sacrificar la esencia de su persona.

Sobreviviría a aquel viaje.

Al fin y al cabo, había sobrevivido a cosas peores.

Sacó el pintalabios y se lo aplicó. Tal vez saliera de aquel asunto magullada y maltrecha, pero saldría siendo ella misma.

Abrió la puerta del cuarto de baño y entró con decisión en la cabina.

—¿Lista? —preguntó él distraído, con la mirada fija en la pantalla del móvil.

Ella carraspeó y esperó a que alzara la vista. Cuando lo hizo lo miró a los ojos.

—Como nunca.

Capítulo 5

MIENTRAS contemplaba el mar azul turquesa, Malachi se sintió satisfecho. Sentada a su lado en la lancha motora, Addie miraba el agua con el cabello al viento y las piernas recogidas. Él se imaginó que quienes los vieran pensarían que era la pareja perfecta en su luna de miel, camino del paraíso.

Pero no era así. Su esposa estaba allí, en efecto, y su cuerpo seductor se hallaba a unos centímetros del suyo, pero, observando su perfil, sabía que sus pensamientos se hallaban muy lejos de allí, ya que sin duda estaría dolida por haberse visto rechazada.

Se removió en el asiento al comenzar a sentir la entrepierna tirante. Le había resultado más doloroso de lo que pensaba, pero había demostrado que ella lo deseaba intensamente. Al recordar cómo se habían dilatado sus ojos azules y temblado su cuerpo bajo el suyo, lo invadió una oleada de satisfacción, atenuada por una sensación de alivio, ya que había estado a punto de poseerla y aborrecía perder el control de esa manera, porque le recordaba lo que había sido su vida: observar y esperar a que las fiestas de sus padres acabaran.

Pero pronto calmaría su cuerpo al hacerla suya. De momento, le bastaba con que ella hubiera entendido quién controlaba la situación.

Addie alzó la vista y le dirigió una mirada glacial.

—¿Todo bien? —preguntó él con voz suave.

Observó que ella cerraba los puños.

—Sí.

—¿En serio? Pareces un poco tensa. ¿Es por la motora? Puedo darte un masaje en la espalda si crees que servirá de algo.

Claro que estaba tensa. Lo había intentado disimular sin éxito, pero él había notado la incertidumbre en sus ojos y el sonrojo de sus mejillas al salir del cuarto de baño. Pero en aquel viaje no había lugar para los sentimientos, los de ella, por supuesto, pues los de él no plantearían problema alguno. Había aprendido por las malas que la vida, y sobre todo las relaciones, eran más sencillas y placenteras si se suprimían las emociones.

Siguió mirando el mar de forma desapasionada y sus labios esbozaron una tensa sonrisa. Esa era la expresión que mostraba a los jugadores que se habían saltado las normas del casino.

Y Addie lo había hecho. Se había saltado la primera de todas.

Había interferido en el desarrollo del juego.

Mejor dicho, él había dejado que interfiriera. Lo había pillado desprevenido.

Addie notó que Malachi se movía a su lado, pero no le prestó atención. Todavía seguía irritada por lo que acababa de decirle. ¿Quería darle un masaje? Preferiría saltar por la borda. O, mejor aún, tirarlo a él.

Al imaginarse el ruido que haría al caer, se sintió mejor y capaz de volver a hablar con él. Lo miró y le preguntó con dulzura:

—¿Y tú? ¿Todo bien?

—Sí.

—¿En serio? Pareces un poco inquieto.

—Estaba pensando en el póquer.

Ella lo fulminó con la mirada. ¡Qué típico de él! Nada había cambiado. Desvió la mirada.

Malachi frunció el ceño al recordar lo cerca que había estado de perder el control. No se esperaba que ella lo tomara de la mano y lo condujera al piso de arriba. Más alucinado lo había dejado la forma en que lo había besado. El contacto de sus labios había sido como una explosión. Había perdido el control y se había visto reducido a puro deseo. Y, a partir de ese momento, había estado dispuesto a lo que ella quisiera, y a más.

Antes de conocer a Addie, llevaba una vida sencilla: trabajaba duro y jugaba aún con mayor dureza. Gracias a su esfuerzo y determinación, había convertido el casino familiar, cargado de deudas, en un negocio boyante. Y para relajarse siempre tenía mujeres hermosas y disponibles.

Hasta cinco años antes. Hasta que Addie había aparecido.

A pesar de que sabía lo dañino que podía ser el matrimonio, se había casado con ella. Seguía sin entender por qué. No tenía sentido después de la infancia que había padecido a causa del matrimonio de sus padres, de haber contemplado, impotente, que el sexo y la pasión estaban destruyendo sus vidas y la de él. Se había jurado que no cometería el mismo error.

Pero Addie era tan hermosa, tan tentadora, con su melena pelirroja sobre los hombros y sus cautivadores ojos azules que su juramento se había esfumado. En contra de lo que le indicaba su instinto, se había dejado llevar por el deseo y se había casado con ella y se había justificado a sí mismo diciendo que se trataba de una decisión comercial: una fusión de cuerpos y no de empresas.

Ya era demasiado tarde cuando se dio cuenta de su error y de hasta qué punto el sexo le había nublado el entendimiento.

Pero no volvería a suceder.

Ahora tenía todas las cartas en la mano. No estaba ciego al atractivo de su cuerpo, pero se contendría. El acuerdo duraría un mes y no habría lugar para estúpidos romanticismos. Sería como cualquier otro acuerdo comercial, salvo porque, en lugar de papeleo y llamadas telefónicas, estarían los dos solos en una isla desierta durante un mes de puro placer, concebido para exorcizar el dominio sexual que Addie seguía ejerciendo sobre él.

De repente, se sintió inmensamente satisfecho y señaló a Addie las palmeras y la vegetación que se veían cada vez más cerca.

—Ahí es donde vamos: el cayo Bar Jack.

Ella asintió y sonrió cortésmente, pero se sentía humillada. Sentada en silencio, mirando el mar, había imaginado que estaba en otro barco con amigos. Había arrinconado los vergonzosos momentos en el avión en un rincón del cerebro. Pero cuando él había vuelto a hablarle inclinándose hacia ella, el leve olor de su colonia la había hecho recordar la embarazosa escena.

¿En qué estaba pensando? No podía haberse puesto más en ridículo si lo hubiese planeado. Se sintió muy desgraciada al recordar su frenético comportamiento, lo desesperada que debió de haberle parecido. Solo le había faltado llevar un cartel colgado al cuello que dijera: «Mi vida sexual es inexistente».

Sin embargo, lo peor era que había consentido que él volviera a manipularla como cinco años antes. La invadió la ira. Una cosa estaba clara. A pesar de lo que él hubiera dicho o del acuerdo al que habían llegado, el trato tenía más que ver con el poder que con el deseo, con el poder de él sobre ella.

Por primera vez se percató de a qué clase de acuerdo había accedido.

La motora comenzó a reducir la velocidad. Alzó la vista y vio que él la miraba.

–¿Por qué vamos más despacio? –preguntó con sequedad, en un tono impropio de alguien en su luna de miel. Pero no le importó. Él le iba a pagar por su cuerpo, no por fingir que estaba locamente enamorada. Y él no iba a hacer comentario alguno sobre sus modales porque evitaba referirse a cosas íntimas o personales.

Recordó con un escalofrío que él se había negado a hablar de las dudas que ella tenía sobre la boda, como, por ejemplo, cuando intentó averiguar por qué sus padres no acudirían. Al principio, él no hizo caso de sus preguntas. Al final, cuando le quedó claro que ella no iba a abandonar el tema, se marchó de la habitación. Había sucedido lo mismo en el banquete nupcial, cuando ella oyó sin pretenderlo algo relacionado con los motivos de él para casarse e intentó hablarlo con Malachi. Este se había retraído física y emocionalmente, y fue entonces cuando ella supo que el matrimonio no funcionaría.

Pero no tenía sentido pensar en aquello,

–Hay rocas –dijo él sonriendo–. No se ven, pero pueden hundir una lancha de este tamaño, por lo que tenemos que cambiarnos a otra más pequeña.

Sin tomar la mano que le tendía, Addie pasó a la otra lancha. Él se sentó a su lado riéndose y le pasó el brazo por el hombro apretándola contra sí mientras ella miraba el mar con cara de pocos amigos.

–Sé que el agua es tentadora, cariño, pero ¿no quieres ver el sitio en que vas a pasar las próximas semanas? ¿O intentas decidir si puedes volver a casa nadando?

Ella apretó los dientes y alzó la vista para mirar la isla.

De cerca, no era lo que se había esperado. Era bonita, pero ella creía que sería más parecida a la de Robinson Crusoe.

No obstante, ¿qué más daba que no fuera tan hermosa como el paraíso que se esperaba? Era virgen, lo cual la asemejaba al paraíso.

–Es muy bonita –afirmó al tiempo que conseguía esbozar una leve sonrisa.

Él le devolvió la sonrisa y la tomó de la mano antes de que ella pudiera protestar.

–Para mí, es como un paraíso: un sitio donde puedo comportarme de manera totalmente desinhibida.

Ella se preguntó, fascinada por su voz, cómo una frase tan corta podía encerrar una promesa tanto de placer como de peligro. Pero, desde luego, el paraíso no era perfecto, ya que, además de sol y frescos arroyos, en él también había serpientes. En aquel caso, una en concreto.

Pero se olvidó de sus dudas cuando la lancha llegó a la playa más hermosa que había visto en su vida, una playa de arena dorada, y agua transparente, bordeada por palmeras.

–Supongo que es más de lo que te imaginabas –dijo él.

Antes de que ella pudiera contestarle, alzó la mano para saludar a un hombre y una mujer que los esperaban al final del corto muelle de madera.

–Son Jerry Clarke y Leonda, su esposa. Se ocupan de todo en la isla: el mantenimiento, la colada, la limpieza... Y a Leonda le gusta cocinar, así que pídele lo que te apetezca y te lo preparará. Pero no te preocupes –añadió con voz burlona–. Tendremos mucho tiempo para nosotros, cariño, y mucho espacio, aunque no todo él es accesible.

Le pasó el brazo por la cintura y la atrajo hacia sí.

–Imagínatelo: tú y yo en el paraíso, solos y haciendo lo que queramos.

Sus ojos parecían examinar su interior y, de repente, la invadió una oleada de deseo. No le hacía falta imaginar lo que quería hacer con Malachi. Desde que lo había visto en el restaurante, en su mente veía una película erótica a cámara lenta.

Por suerte, la lancha chocó suavemente contra el muelle y ella saltó a tierra y se libró de la atracción de su mirada.

Terry y Leonda eran encantadores. Se habían criado en Antigua, por lo que conocían perfectamente la vida en una isla del Caribe. Todavía algo aturdida por la idea de que aquel idílico paraíso fuera a ser su lugar de vacaciones, Addie se limitó a hacer algún comentario sin sentido sobre el color de la arena y lo mucho que le gustaban los mangos. Tampoco importó, ya que la atención de ambos se hallaba centrada en Malachi.

Por fin, se quedaron solos.

–El chalé está por aquí.

Malachi apartó la vegetación y se hizo a un lado para que ella pasara.

Addie creía que nada podría superar la primera impresión al ver la playa, pero la casa era espléndida. Un edificio contemporáneo, de líneas claras, rodeado de árboles y con vistas a una laguna.

–Antes, aquí había un edificio de estilo colonial, pero, tras el huracán Helena, hubo que volver a levantarla. Me gusta más este estilo porque me parece que altera menos el paisaje. Ven, voy a enseñártela.

Una vez en el interior, Addie tuvo que pellizcarse para creer lo que veía. Era de un lujo que nunca había contemplado ni imaginado. Cinco años antes, Malachi ya era rico, pero estaba en los comienzos de su carrera y no hacía ostentación de su riqueza. Al contemplar la cocina con los últimos avances, el elegante salón y el cuarto de baño decorado en mármol, ella empezó a darse cuenta de lo mucho que él había cambiado en esos cinco años.

Al ver que miraba todo con los ojos como platos, a Malachi se le contrajo el estómago. La mayor parte de sus conocidos, ricos y elegantes como él, se hubieran esforzado en no mirar a su alrededor y, mucho menos, en hacer comentario alguno. Pero ¿por qué? ¿Qué mal había en ser abierto y sincero?

Entrecerró los ojos. A pesar de que fuera divertido, encantador incluso, oír a Addie elogiar entusiasmada la vista desde la ventana del dormitorio, recordó por qué su relación había fracasado. El fervor vital de Addie estaba bien, sometido a control. Incluso había dado bueno resultados en los medios de comunicación, pues había mejorado la imagen de Malachi. Pero ahí era donde debiera haberse mantenido, en el terreno público. Él no soportaba los estallidos emocionales en su vida privada.

No le servían para nada.

No los entendía.

Y, desde luego, no los necesitaba.

–¿Qué es eso?

La voz de Addie interrumpió sus pensamientos. Malachi se volvió y miró hacia donde ella señalaba, más allá de la laguna, a una blanca línea sinuosa que atravesaba la verde vegetación.

–Creo que es una catarata. Me parece recordar que había una.

Ella frunció el ceño.

–¿Cómo es que no sabes si la hay?

–Lo sé. Lo único es que no recuerdo si es ahí

donde está. Llevo años sin venir a la isla. Cuando lo hago, no salgo de la casa. No me hace falta, ya que hay suficientes cosas en ella para entretenerme.

Ella apretó los dientes. Por «suficientes cosas» quería decir una compañera apasionada. Fue un descubrimiento desagradable, aunque nunca había pensado que él hubiera estado sin pareja durante cinco años. Pero ¿tenía que refregárselo por las narices en aquel momento?

–Si te esperas una especie de juegos olímpicos sexuales, te vas a llevar una desilusión –dijo con sequedad–. Tal vez hubieras debido traerte a la mujer con la que normalmente vienes.

–Eres la primera mujer que traigo aquí, cariño. La primera y la única que he querido traer.

Era cierto. Solía visitar la isla únicamente cuando iba o volvía de un viaje de negocios y nunca había llevado a una mujer, ni siquiera a su madre. Sobre todo, no a su madre.

–Vengo cuatro o cinco veces al año, como recompensa por asistir a interminables reuniones con gente a la que veo para que se acuerde de mi cara.

Él sonrió y, de pronto, a ella se le secó la boca y el corazón comenzó a palpitarle. La gente no olvidaba a alguien como Malachi King, su mirada oscura y su lenta e irresistible sonrisa. Y ella sabía lo que era uno capaz de realizar para hacerle sonreír de esa manera y cuánto estaba dispuesto a sacrificar.

Sus cicatrices lo demostraban.

El reloj de pulsera de él emitió dos leves pitidos y ella, aliviada por liberarse de la tensión que había entre ambos, lo tomó del brazo.

–¿Es esa hora? No es de extrañar que tenga tanta hambre. ¿Por qué no bajamos e improviso algo de comer?

Él frunció el ceño y se llevó la mano a la frente.

—Se me había olvidado. Leonda me ha dicho que nos ha preparado la comida. Seguro que estará deliciosa.

Y así fue: un bufé frío de tres platos exquisitamente presentado. Y les había dejado el menú escrito enumerando todos los ingredientes.

—Me parece mentira que me haya ofrecido a cocinar —gimió Addie mirando el plato.

—No lo has hecho. Te has ofrecido a improvisar algo de comer.

Ella intentó mirarlo con cara de pocos amigos, pero acabó sonriendo.

—Me has engañado al decirme que le gustaba cocinar.

—Y le gusta, pero resulta que también es una cocinera titulada a la que le encanta «crear platos que combinan influencias coloniales y caribeñas». O eso decía su currículo —sonrió y agarró algo de la bandeja—. ¿Qué es esto?

Addie miró el menú.

—Es tempura de coco y gambas. Está delicioso. Me he comido unos cuarenta.

—Pues solo quedan setenta. Me temo que Leonda cree que no como entre visita y visita, por lo que siempre cocina lo suficiente para alimentar un ejército.

Después de dejar los cubiertos en el plato, Addie le sonrió con cautela. Estar a solas con Malachi le había parecido muy sencillo: habría sexo por un lado y todo lo demás por otro. No se había engañado diciéndose que no disfrutaría de la parte sexual, pero no había esperado que estar juntos fuera a ser algo más que esforzarse en buscar un tema de conversación.

Sentada frente a él, le resultaba difícil pensar así. Y no por lo guapo que era, sino porque no tenía que esforzarse para disfrutar de su compañía. Era inteligente y culto y poseía un interminable repertorio de historias divertidas.

Pero aunque no lo odiara tanto como debiera, debía asegurarse de que la relación tuviera límites reconocibles. El sexo, por necesidad, implicaba cierto grado de intimidad e incluso de ternura. Pero aquello, estar juntos, solo exigía que fuera educada. De hecho, tal vez fuera un buen momento para introducir un tono más formal y menos personal en la comida.

Agarró el vaso de agua, respiró hondo y dijo:

—Gracias.

—¿Por qué? —preguntó él sorprendido.

—Por haberme traído aquí. Es precioso, de verdad. ¿Cómo encontraste este sitio? Me refiero a que está muy lejos y escondido.

El se encogió de hombros.

—En realidad, fue por accidente. Mi intención era comprar un yate.

Ella lo miró deslumbrada. Hablaba de comprar un yate como si fuera una botella de leche. Era otro recordatorio de la diferencia que había entre ellos.

—¿Y qué pasó?

—Me di un baño.

Ella lo miró sin comprender.

—Aquí no —le explicó él—. En Las Vegas.

—¿Y qué tiene eso que ver con la isla?

—Estaba jugando al póquer y Teddy Chalmers... ¿Te acuerdas de Teddy?

Addie asintió. Lo había conocido cuando estaba con Malachi. Era un texano multimillonario de mediana edad, dedicado a negocios inmobiliarios, al que le apasionaba el póquer.

—Teddy se apostó la isla a que no podía saltar a la piscina y tocar el fondo.

Ella frunció el ceño.

–Eso es una estupidez. Cualquiera puede hacerlo. ¿Por qué creyó que tú no?

Malachi sonrió.

–Probablemente a causa de los tiburones.

–¿De los tiburones? –lo miró horrorizada–. ¿Eran de verdad? ¿Con dientes?

Él se echó a reír.

–Los tiburones eran de verdad, así que supongo que los dientes también.

Addie lo miró boquiabierta.

Sonriendo, Malachi agarró la botella de vino y volvió a llenarse la copa.

–No me mires así. Gané la apuesta.

–¿Y si te hubieran mordido?

–Me conmueve tu preocupación.

–No estoy preocupada, pero me parece increíble que arriesgaras la vida por una apuesta estúpida.

–Me gusta ganar.

Ella lo fulminó con la mirada.

–Ganar no lo es todo. Si te hubieras echado atrás, ¿qué habrías perdido?

–¡Mi orgullo! Eran crías de tiburón metidas en una gran pecera en el hotel. De verdad que no creí que fuera peligroso. Solo me concentré en ganar.

Addie pensó que Teddy Chalmers debía de ser más estúpido de lo que parecía. Malachi no concebía la posibilidad de perder.

–No suelo dedicarme a eso –apuntó él en tono ligero–. Pero tenía veinticuatro años y llevaba buena parte del año jugando al póquer sin parar. Y esos tipos lo convertían todo en una apuesta –tomó la copa de vino y lo removió en la mano–. Cuando llegué aquí me quedé alucinado, no por la playa y las palmeras, sino por la tranquilidad. Hay algo puro en el sonido de las olas, la brisa y el canto de los pájaros.

El tono de su voz hizo que ella contuviera la respiración. Lo miró sin entender. ¿Desde cuándo le importaba el canto de los pájaros a Malachi? Se preguntó cuántas cosas no le había contado, pero no podía culparle porque ella no se había sincerado con él y solo le había contado unos cuantos detalles acerca del accidente y de su vida.

Se dio cuenta de que no se conocían, de que nunca había habido confianza mutua.

—No me gusta mucho la tranquilidad, pero esta es de buena clase.

—¿Y cómo es la de mala clase? —le preguntó él con curiosidad.

Ella esbozó una tensa sonrisa. Era tentador creer que le interesaba de verdad. Si no lo conociera tan bien, incluso hubiera esperado que sintiera por ella algo más que una mera atracción física, que se preocupara por ella. Sin embargo, sabía que, para Matachi, una confidencia se convertía en una debilidad que explotar. Solo que, dada su situación, ¿de qué otra manera podía explotarla?

Se encogió de hombros.

—Supongo que por «mala» me refiero a aburrida, que es lo que estoy siendo ahora, así que...

Él la miró en silencio durante unos segundos antes de colocarle un mechón de cabello detrás de la oreja.

—Puede que seas muchas cosas, cariño, pero puedo asegurarte que nunca me has aburrido —dijo él sonriendo.

—Todavía es temprano —afirmó ella en tono ligero.

—Venga, estoy intrigado.

Ella soltó una carcajada.

—Muy bien, pero no es nada emocionante —titubeó, pero le parecía emocionante hablarle de sí misma y sentir sus ojos clavados en el rostro no como parte de un juego sexual previo, sino porque la estaba escuchando–. Supongo que el hecho de estar aquí me recuerda las vacaciones que solía pasar con mis padres.

–¿Dónde ibais?

–A la granja de mis tíos, en Dakota. Íbamos todos los veranos y lo estuvimos haciendo durante años. Por la mañana, mi madre y mi tía cosían, y mi padre y mi tío hacían reparaciones; por la tarde, todos jugaban al *bridge*.

Malachi asintió.

–Es un buen juego. Los mayores juegan muy bien.

Addie sonrió.

–No solo los mayores. Yo también.

–Pero tú no jugabas. Has dicho que eran ellos los que lo hacían.

Ella negó con la cabeza.

–No, yo ayudaba a mi tía a dar de comer a los animales y, después, practicaba en un viejo piano que mi tío tenía en el establo. Para serte sincera, no era muy distinto de estar en mi casa. Únicamente, más tranquilo, incluso más que Wichita.

–He estado en Wichita. No es Las Vegas, pero no es una ciudad fantasma.

Ella tomó el vaso y bebió un sorbo de agua. No le había hablado mucho de su familia. En comparación con su energía seductora y animal, su hogar y su infancia le habían parecido tan vulgares que la avergonzaban. Pero, sobre todo, estaba asustada de que él se diera cuenta de esa vulgaridad, porque, en su fuero interno, no se creía que él la quisiera por quien era de verdad.

Sonrió.

–Wichita está bien. Lo que era tranquilo era mi casa. Mis padres ya eran mayores cuando me tuvie-

ron. Mi padre tenía casi sesenta años cuando mi madre se quedó embarazada. Él nunca se encontraba
bien y yo no podía hacer ruido en casa porque él dormía. No podía invitar a jugar a mis amigos –volvió a
sonreír, pero más débilmente–. Creo que por eso se
me daba tan bien el piano. Las clases en casa de mi
profesora era el único momento en que podía alboro-
tar.

–Mudarte a Miami debió de sorprenderte –dijo él,
que continuaba sonriendo.

Ella asintió mientras se preguntaba adónde quería
llegar con ese comentario.

–Supongo que sí, pero fue una sorpresa agradable.
Pude ser quien quería ser. Y Miami es una ciudad cálida y vibrante. Es como si hubiera una fiesta perma-
nentemente.

La actitud de él cambió levemente. Ella solo lo
notó porque apretó ligeramente los labios y tensó los
hombros.

Se produjo una corta pausa y, finalmente, él se encogió de hombros.

–Puedes llegar a cansarte de estar siempre de
fiesta.

Ella lo miró deseando adivinar lo que le pasaba por
la cabeza.

–Supongo que sí, aunque yo no he ido a muchas.

Él se removió en la silla y desvió bruscamente la
vista para contemplar el agua.

–Yo he estado en cientos de ellas. Mis padres vi-
vían para eso. Cuando era un niño, Henry, mi padre,
tenía un montón de suites en el Colony Club. Los fines de semana había entrada libre. Lo único que se
necesitaba era caer bien a mis padres. Mi madre, Serena, llegó a invitar al chico que nos limpiaba la piscina porque era un encantador de serpientes.

Su expresión se oscureció y su rostro se contrajo en una mueca.

–También tenía otros encantos –volvió a encogerse de hombros–. Pero no los suficientes para entretener a mi madre. Así que alguien lo tiró por la ventana y aterrizó en la piscina –al ver la expresión horrorizada de Addie, sonrió–. Supongo que ahora estarás agradecida porque no vinieran a nuestra boda.

Ella lo miró en silencio. Sí y no. Estuvo a punto de volverle a preguntar por su ausencia, pero el fiero brillo de sus ojos la detuvo.

–Vaya, no parecen unos padres como los de la mayoría de la gente –dijo por fin.

–No lo son. De hecho, no los considero mis padres. Serena tenía dieciséis años cuando me tuvo y a Henry lo acababan de expulsar de Darmouth. Podría decirse que crecimos juntos. Y ahora debo hacer un par de llamadas, así que ¿por qué no te das una ducha o te vas a bañar?

Desconcertada, lo miró a los ojos. Era evidente que la conversación había terminado.

Al final, Addie se dio una ducha. Una hora después estaba en la cama mirando por la ventana. Había sido, sin lugar a dudas, un día interesante. Habían sucedido muchas cosas: el viaje y su fallido intento de seducir a Malachi en el avión. Pero eso le parecía muy lejano y, de repente, poco importante, superado por las inesperadas revelaciones sobre su vida.

Volviendo a pensar en lo que le había contado sobre sus padres y su estilo de vida, se mordió el labio inferior. ¿Sería ella bastante para entretenerlo? Ahogó un bostezo y soltó el aire suavemente. No tenía por qué. Aquel viaje no iba de fiestas y multitudes. Él deseaba paz y cantos de pájaros. Y a ella.

O lo haría cuando acabara de hacer las llamadas.

Pero lo había visto sentado mirando el mar fijamente, con el teléfono a su lado, en la mesa en la que tamborileaba incesantemente con los dedos.

Intentó entenderlo, pero, al cabo de una hora, su cuerpo y su cerebro se dieron por vencidos y se quedó dormida.

Capítulo 6

LA LUZ sobre el rostro y la sensación de no saber dónde se encontraba fue lo que despertó a Addie. Alguien había corrido las cortinas, pero ella se dio cuenta de que ya era por la mañana.

Se quedó con los ojos cerrados disfrutando de la luz tenue para retrasar el momento en que tendría que enfrentarse al hombre que estaba al otro lado de la cama. ¿Cuál era la manera correcta de saludar a su esposo después de la noche anterior?

Pero no había habido noche anterior, ya que se había dormido inmediatamente.

Contuvo la respiración mientras se preguntaba qué pensaría él al respecto.

Solo había una forma de averiguarlo. Apretó los dientes, abrió los ojos y se dio la vuelta.

La cama estaba vacía. Y no solo vacía, sino que se notaba en las sábanas y la almohada que no había dormido nadie allí. El corazón le dio un vuelco al ver un papel sobre la almohada. Lo desdobló y vio que era una nota de Malachi.

Cariño:
Siento no haberte despertado anoche, pero creí que necesitabas dormir. Tengo que solucionar algunos problemas laborales, pero el desayuno está preparado, así que sírvete lo que quieras.

Terry se pasará por aquí esta mañana. Si necesitas algo, pídeselo.

Malachi

P.D.: El código de seguridad es 2106. Lo necesitarás para abrir las puertas y las ventanas. Seguro que no tienes problemas para recordarlo.

Volvió a leer la nota y la dejó sobre la sábana. Por supuesto que recordaría el código. Era la fecha en que se habían casado. Era evidente que él lo había elegido para dejarle claro que aquel viaje era la luna de miel que habrían tenido si ella no lo hubiese dejado.

Con el ceño fruncido y muy inquieta, apartó la sábana, se levantó y fue al cuarto de baño.

Mientras estaba bajo la ducha, recordó fragmentos de la conversación con Malachi durante la comida del día anterior y cada uno parecía contradecir el anterior. No se hacía una idea clara de lo que él le había dicho. Era como si hubiera estado hablando con diferentes versiones del mismo hombre. ¿Quién era el verdadero Malachi? ¿Cómo se había casado con un hombre del que sabía tan poco? De todos modos, ¿qué más daba? Él había dejado de preocuparla.

Envuelta en una amplia y suave toalla, volvió al dormitorio y miró por la ventana. Hacía otro día maravilloso y el lugar era perfecto para una luna de miel.

Pensó que tal vez en otra vida y con otro hombre. Pero aquel viaje era de negocios. Sin embargo, probablemente fueran las únicas vacaciones que pasaría en una isla del Caribe en su vida, por lo que, a partir de ese momento, iba a aprovechar al máximo cada segundo.

Escogió un bikini nuevo de color ciruela, se puso encima un vestido de ganchillo, que también había comprado recientemente, se calzó unas sandalias y se miró al espejo dando una vuelta sobre sí misma. Sonrió satisfecha a su reflejo antes de dirigirse a las escaleras.

No había ni rastro de Malachi en la cocina, pero, en efecto, el desayuno estaba preparado en una encimera de madera. Le sonaban las tripas de hambre y agarró un cruasán de almendra. En ese momento llamaron a la puerta.

Lo primero que pensó, como una estúpida, fue que era Malachi. Pero ¿cómo iba a llamar a su propia puerta? Al recordar la nota que le había dejado, dedujo que sería Terry. Se acercó a la puerta y bajó el picaporte, pero no sucedió nada.

—Perdone, señorita Farrell... —la voz de Terry se oyó al otro lado de la puerta—. Necesita el código.

—Claro, me había olvidado —respondió ella al tiempo que se apresuraba a marcar la fecha de su boda en el teclado maldiciendo a Malachi por la elección de ese número.

Su enfado se evaporó al ver la ancha sonrisa de Terry.

—Buenos días, señorita Farrell. ¿Cómo está?

Ella le estrechó la mano y le devolvió la sonrisa.

—Bien, Terry, gracias.

—He visto al señor King y me ha dicho que me pasara para asegurarme de que tiene todo lo que necesita.

—Lo tengo, pero, por favor, dale las gracias a Leonda por la magnífica comida.

—Lo haré —afirmó Terry sonriendo de nuevo—. Está muy contenta de que el señor King y usted vayan a estar aquí tanto tiempo. Normalmente, él suele estar solo lo que tarda en leer el periódico por la mañana. Eso me recuerda que el señor King me ha pedido que le traiga los periódicos de hoy —agarró una bolsa que había en el suelo–. También hay unas revistas. Se lo voy a meter dentro, señorita Farrell.

En la cocina, Terry miró el cielo por la ventana.

–Parece que va a hacer buen tiempo. Puede que veamos tortugas la semana que viene.

–¿Hay tortugas? –preguntó Addie emocionada–. ¿Vienen a la laguna?

Terry negó con la cabeza y rio.

–No, les gusta anidar cerca del mar abierto para que las crías lleguen a él enseguida –al observar la desilusión de ella sonrió–. Pero anidan en la isla Finlay. No la habrá visto al llegar, aunque solo está a media hora de aquí. En esta época del año me mantengo vigilante, así que le comunicaré si hay señales de ellas. ¿Desea algo más?

Addie asintió. Se le acababa de ocurrir una idea.

–Pues sí, hay una cosa...

Diez minutos después se hallaba tumbada en una hamaca, con un vaso de té helado en la mano, y leía una revista del corazón. Después de haber acordado con Terry que les organizara una visita a la isla, se sentía más calmada, como si dominara más la situación.

Más como sí misma.

Tomó un sorbo de té. No se trataba de que no hubiera un aspecto sexy en ella, pero no podía ser la cualidad que la definiera. Y no lo sería.

Una sombra le tapó el sol de la cara. Alzó la vista y sus ojos se hallaron con la tranquila mirada de Malachi.

–Buenos días –dijo él al tiempo que la recorría con la mirada de una forma que la hizo temblar.

Llevaba unos pantalones de lino y un polo azul marino que le realzaba los músculos del torso y los brazos. Parecía tranquilo y fresco, a pesar del calor matutino.

–Buenos días –Addie dejó el vaso en la mesa que había a su lado y le sonrió con despreocupación–. Espero que no te importe, pero ya he desayunado.

–Claro que no –respondió él mirando la casa–. Tal vez tome algo de fruta. ¿Puedo ofrecerte algo más?

–¿Como qué?

Él le sonrió burlón.

–Me refiero a más té o algo de comer.

Ella negó con la cabeza.

–No, gracias, ya he tomado un... –de pronto se había quedado en blanco. La proximidad de Malachi la confundía–. Un bollo... Un cruasán de almendra.

–Entonces, vuelvo enseguida –dijo él. Su forma de mirarla le dejó claro que sabía el efecto que le causaba.

Addie apretó los dientes y, con el corazón palpitante, lo vio alejarse con una mezcla de deseo y de alivio. Unos segundos después se tumbó a su lado en la amplia hamaca y su muslo presionó el de ella.

–¿Por qué aquí todo sabe mejor? –preguntó él mientras se lamía el zumo que le corría por los dedos. Sé que el azúcar no es buena, pero, a veces, no hay nada mejor –la examinó el rostro deteniéndose en la boca–. Casi nada.

Addie sintió un nudo en el estómago cuando él aproximó sus labios a los de ella y la besó suavemente. Sin poder evitarlo, ella se arqueó contra su cuerpo al tiempo que la envolvía una sensación de placer.

–¡Esa sí que es la forma correcta de darse los buenos días! –exclamó él.

Mientras miraba los azules ojos de Addie, Malachi se obligó a no prestar atención al clamor de su cuerpo. Se le había acelerado el pulso y sentía una presión creciente en la entrepierna. Había pensado únicamente en besarla para recordarle por qué estaba sentada allí, en su tumbona, al lado de su laguna. Pero, con el cabello pelirrojo sobre los hombros y los labios entreabiertos de forma incitante, tuvo que recurrir a toda su fuerza de voluntad para no tomarla en sus brazos y poseerla allí mismo.

Desvió la mirada apretando los dientes. Detestaba lo mucho que lo excitaba. La deseaba intensamente, casi dolorosamente. Pero poseerla en aquel momento sería la prueba de ello, y él le había preparado una sorpresa que sería mucho más eficaz para atraerla a sus brazos.

El día anterior, cuando ella había subido al piso de arriba, tenía la intención de seguirla y de rendirse al deseo que había ido creciendo en él desde el momento en que había oído su voz al teléfono.

Pero no lo había hecho.

Lo había deseado, pero no había podido. Las piernas no le respondieron. Fue como si estuviera atrapado en su propio cuerpo del mismo modo que lo había estado como espectador de las fiestas de sus padres. ¿Cómo iba a subir al encuentro de Addie con esos pensamientos?

¿Y en qué había estado pensando al hablar de sus padres a Addie? Se removió incómodo en la tumbona. Se había esforzado mucho en suprimir el dolor y borrar los recuerdos. Y no era el momento de dejar que la oscuridad volviera a apoderarse de su vida.

–¿Te encuentras bien? –preguntó ella. Él la miró y vio que lo observaba con recelo.

Sonrió al tiempo que recuperaba el control. Le acarició el brazo y sintió que se estremecía.

–Por supuesto. ¿Y tú? ¿Has dormido bien?

–Sí –titubeó–. Siento haberme quedado dormida. Debía de estar más cansada de lo que creía –frunció el ceño porque no quería preguntarle dónde había dormido él–. Y tú, ¿cómo has dormido? ¿Has pasado buena noche?

Había sido una noche que no le gustaría volver a repetir, en la que el sueño había desempeñado un papel insignificante. Después de haber aclarado sus pensamientos lo bastante como para ir al encuentro de ella, las imágenes eróticas se habían vuelto progresivamente febriles mientras subía la escalera, por lo que, al entrar en la habitación, el cuerpo le temblaba de deseo.

Pero ella estaba profundamente dormida. Su cuerpo acurrucado hacía más evidente su inocencia y vulnerabilidad. Maldijo en voz baja el momento elegido. Despertar a una mujer dormida para satisfacer su apetito sexual era algo que no podía ni plantearse, como tampoco estar tumbado al lado de ese cuerpo mientras las fantasías sexuales se le agolpaban en el cerebro.

Así que se pasó la noche dando vueltas en una cama de una de las habitaciones de invitados de la casa.

Por tanto, la respuesta a su pregunta era que no había pasado una buena noche.

Ni tampoco una buena mañana. Se había despertado temprano y dolorosamente excitado, se había dado una larga ducha fría que había contenido su libido. Al salir de la ducha debiera haber estado más tranquilo.

Sin embargo, no fue así. Estaba tenso y nervioso. Se dio cuenta de que la presencia de Addie influía en él más allá de su libido. Al contemplarla mientras dormía había sentido algo más que la lujuria contrariada. Tal vez fuera debido a las manchas oscuras bajo sus ojos o a sus uñas ligeramente mordidas, pero algo se había removido en su interior y había sentido el impulso de tomarla en sus brazos.

Aquello no tenía sentido. Pero ¿qué lo tenía a esas horas de la madrugada? Cuando, por fin, se acostara con ella se vería libre de su persistente deseo y podría pensar con la claridad habitual. Al fin y al cabo, el sexo te satisfacía el cuerpo y te tranquilizaba la mente.

La miró a los ojos.

–Siempre duermo bien –mintió, y se sintió satisfecho al ver que la expresión de ella pasaba de la curiosidad a la irritación.

Eso estaba mejor: que ella pensara que era una placentera distracción y no una compulsión que había que satisfacer.

Sintiendo que volvía a tener todo controlado, se levantó, miró el agua y tendió la mano a Addie.

–¡Vamos!

Ella lo miró sobresaltada.

–¿Adónde?

–A bañarnos, claro –respondió él sonriendo.

En la laguna, el agua tenía una temperatura ideal y era imposible no disfrutar del baño. El agua estaba deliciosa y el entorno era hermoso: pececitos de colores, caracolas de todos los tonos de rosa...

Y Malachi.

Su cuerpo atraía su mirada con la fuerza gravitacional de un agujero negro. Lo miró de reojo al salir del agua y siguió con la mirada las gotitas que le recorrían la bronceada piel. Era increíblemente sexy.

Por desgracia, Malachi la sorprendió mirándolo. Contuvo la respiración cuando él volvió a lanzarse de cabeza al agua y nadó hacia ella, que lo observó deslumbrada. Desde lejos, su belleza era milagrosa; de cerca, era una fuerza desestabilizadora y magnética que la privaba de su resistencia.

Una sombra tapó el sol al tiempo que una ráfaga de viento levantaba el agua a su alrededor. Sorprendida, extendió la mano de forma instintiva. Por encima de ellos, la forma inconfundible de un helicóptero los sobrevoló durante unos segundos antes de seguir su camino.

–No te preocupes –la voz de Malachi interrumpió el silencio que se había producido tras la marcha del helicóptero–. Traen algo para mí.

Ella asintió. Había acabado agarrándolo del brazo sin darse cuenta. Avergonzada, lo soltó rápidamente sin hacer caso del brillo burlón de sus ojos.

–Voy a aplicarme protector solar. No quiero quemarme el primer día –apartó los ojos de su musculoso torso y nadó rápidamente para salir del agua. Él la alcanzó rápidamente y salieron.

–¿Quieres que te dé crema en la espalda? –preguntó él solícito.

–No, gracias. Creo que me voy a tapar –agarró el vestido y se lo puso a toda prisa. El helicóptero se elevó de entre los árboles y desapareció rápidamente de su vista.

Ella recordó los planes que había hecho para ese día.

–Podíamos ir a dar una vuelta por la isla –dijo mientras emprendía el camino hacia el chalé para apartarse de aquel fabuloso cuerpo semidesnudo–. Para explorarla.

–¿Para qué? Es más de lo mismo –se puso a su altura y Addie se detuvo. Él le acarició la clavícula con el pulgar, la agarró de la parte delantera del vestido y la atrajo hacia sí.

–Hay lugares mucho más interesantes que me gustaría explorar ahora mismo –le acarició un seno con la mano–. Lo que me recuerda que tengo un regalo para ti.

Entraron, fueron a la cocina y el tomó de la encimera una hermosa caja de color crema atada con un lazo dorado.

Se la tendió.

—Es para ti.

Ella tragó saliva. ¿De dónde había salido la caja? No recordaba haberla visto antes.

Como si le hubiera leído el pensamiento, él la miró a los ojos.

—El helicóptero la acaba de dejar.

Por supuesto, pensó ella. Era otro ejemplo del mundo loco y surrealista en el que vivía Malachi, donde cualquiera de sus caprichos se veía mágica y rápidamente satisfecho.

Miró la caja que sostenía en la mano.

—¿Qué es?

—Ábrelo y verás.

Con el corazón palpitante, tiró del lazo para deshacerlo. Levanto la tapa, apartó el papel de seda y sacó una combinación de seda de color dorado, adornada con encaje de color crema. Era exquisita. La miró en silencio.

—¿Te gusta?

Ella asintió.

—Es muy bonita. Me encanta el color. Pero yo no tengo nada para ti —de todos modos ¿qué podía regalarle?, pensó dolorida. ¿Qué le regalaría a un hombre que tenía de todo y a quien solo le importaba ganar?

—Yo no diría tanto —dijo él al tiempo que desviaba la vista de su sofocado rostro para mirarle el cuerpo con evidente deseo—. Pruébatela.

Su voz era suave, y la hubiera conmovido de no haber percibido un tono autoritario bajo su aparente seducción, ya que él utilizaba su cuerpo y la reacción de ella ante él como un arma para obtener, con cada beso y cada caricia, lo que deseaba.

Pero ella también lo deseaba ya que, si no, no se hubiera oído preguntándole:

–¿Qué? ¿Aquí? ¿Ahora?

Él asintió lentamente.

–Sí, aquí y ahora. En caso contrario... –hizo una pausa–. ¿Cómo voy a quitártela?

Algo no iba bien. La combinación era un regalo, un gesto espontáneo destinado a provocar placer. Pero ¿era así? No tenía motivos para dudar de Malachi, pero recelaba. ¿Por qué se la había dado ese día? ¿Por qué no lo había hecho en el avión? ¿O el día anterior?

Malachi la observó con una expresión impenetrable imaginándose su reacción: la rendición inevitable, lo cual hizo que se sintiera poderoso. Todo formaba parte del juego de la seducción y, como la mayor parte de los juegos, requería mantener la cabeza fría y saber cuándo había que mover ficha. Era un juego que le gustaba y en el que quería ganar.

Ella alzó la vista y vio que la observaba con atención. De repente, supo por qué. Sus ojos no manifestaban el deseo ni el fuego de un amante, sino que brillaban con calculada frialdad. Ella se estremeció, pero alzó la barbilla y se le tensaron los hombros por el esfuerzo de reprimir la ira.

–¿Por qué no esperamos hasta más tarde?

Él frunció el ceño.

–¿Más tarde?

–Sí. Te dije que quería explorar la isla, así que le he pedido a Terry que nos lleve a hacer un recorrido esta mañana.

Malachi la miró con unos ojos duros como la piedra.

–Pues dile que no lo haremos –le exigió con arrogancia.

Esa vez no había equivocación posible: era una orden clara y directa.

Lo fulminó con la mirada, llena de cólera.

—No.

Se produjo un largo silencio.

Malachi la miró como si no se creyera que se había negado, pero la sorpresa se transformó rápidamente en ira. Las cosas no funcionaban así. ¿Se había creído ella en serio que podía organizar las actividades del viaje? ¿O que a él le interesaba recorrer la maldita isla? Ella estaba allí por un solo motivo. Era evidente que había llegado el momento de recordárselo.

—Entonces, lo haré yo —dijo con frialdad—. No sé qué idea se te ha metido en tu linda cabecita sobre las razones por las que estamos aquí, pero te lo diré claramente para que los entiendas: no tienen nada que ver con hacer excursiones.

Notó que estaba perdiendo el control, lo que no contribuía a mejorar su estado de ánimo. No quería perder la compostura frente al evidente deseo que ella sentía por él, y lo impotente que la hacía sentir. Sin embargo, en lugar de eso, se comportaba como un adolescente contrariado.

—Lo único que quiero ver es a ti, con eso —señaló la combinación que colgaba de la mano de ella.

—Eres un monstruo —afirmó Addie temblando.

—Y tú, una hipócrita. Mira el lío que has montado... Habíamos llegado a un acuerdo.

—Yo no acordé contigo que chasquearas los dedos como un dictador depravado.

Él negó con la cabeza.

—No es lo que he hecho. Estás rabiosa porque te he visto las cartas, pero, en mi casa, las reglas son muy sencillas, cariño: o juegas o te vas.

Ella lo miró con expresión incrédula. ¿Creía que aquello era un juego de cartas?

–Esto no es una mano de póquer –dijo casi gritando–. Estás pisoteando mis sentimientos.

Él se encogió de hombros.

–Me da igual.

Que se encogiera de hombros y el tono de su voz hizo que algo se quebrara en el interior de ella.

–Muy bien –dijo con desprecio–. Como quieras.

Se quitó el vestido y el bikini y se quedó desnuda. Malachi la miró furioso.

–¿Qué haces?

–¿Yo? Prepararme para tener sexo. Para eso estoy aquí, ¿no? –le temblaba la voz y respiraba con dificultad. Se puso la combinación y lo miró a los ojos–. ¿Dónde quieres que lo hagamos? ¿En la mesa? ¿En la playa?

¿Qué demonios le pasaba? Malachi negó con la cabeza mientras intentaba controlar la ira y la confusión.

–¡No te pongas melodramática!

No había motivo alguno para que se comportara de aquel modo. Ella había estado de acuerdo con el trato. Y el trato era sobre sexo, no sobre sentimientos ni emociones. ¿Por qué le montaba esa escena?

Ella lo fulminó con la mirada.

–No me estoy poniendo melodramática. Solo soy sincera. Pero la sinceridad no es tu punto fuerte, ¿verdad, Malachi?

–¡Nunca he dicho que estuvieras aquí solo para tener sexo! –exclamo él. Finalmente, había perdido el control. Maldijo en voz baja y, en ese momento, llamaron a la puerta. Se volvió con el ceño fruncido y fue a decir algo, pero ella habló primero.

–Claro que no. ¡Nunca dices lo que piensas a nadie! ¿Por qué iba a ser hoy distinto? –se llevó el dedo a la frente como si estuviera reflexionando–. Ah, ahora me acuerdo. Es porque yo no soy nadie. Soy tu esposa.

–Y yo, tu esposo. Y me debes la luna de miel. Yo siempre cobro las deudas.

–No eres mi esposo, sino un hombre que me chantajea para que me acueste con él.

Malachi dio un paso hacia ella.

–Si te chantajeo, ¿cómo es que soy yo quien paga?

Ella negó con la cabeza y cerró los puños.

–El dinero es lo único que te importa, ¿verdad? Y ganar. Me parece que has respirado el aire del casino tanto tiempo que crees que todo es como el póquer. Por eso haces esto, convertirnos en una especie de juego fantástico y morboso. No puedes evitarlo.

Él la miro en silencio. Sintió que sus palabras acusadoras se le introducían como un dardo venenoso y le resonaban en el cerebro. Pero no era la voz de Addie, sino la suya la que pronunciaba las palabras que nunca se había atrevido a decir en voz alta; las palabras que debiera haber pronunciado mucho tiempo atrás. La cabeza comenzó a darle vueltas. Solo había querido demostrarle a ella que tenía razón, pero él mismo se había convertido en la pesadilla de la que llevaba toda la vida intentando escapar.

Respiró hondo para desechar aquellos inquietantes pensamientos.

–No es un juego...

–Claro que lo es, solo que no lo sabes. Te parece normal manipular a tu esposa para convertirla en tu amante. ¿Se te ha pasado por la cabeza que seguimos casados?

–No lo he olvidado. Pero teniendo en cuenta que no había vuelto a saber nada de ti desde que perdiste los estribos en el banquete nupcial, me sorprende que lo saques ahora a colación.

–¿Por qué iba a haberme puesto en contacto contigo? –sus ojos expresaban rabia y dolor–. Me mentiste.

–No te mentí –dijo él, pero ella siguió hablando sin hacerle caso.

–Y, cuando intenté hablarte de ello, no quisiste saber nada...

–Era nuestra boda –afirmó él, impasible–. Y, aunque te parezca mentira, creí que teníamos que hacer otras cosas, como festejar.

–¿Festejar el qué? ¿Que me hubieras dejado en ridículo? ¿O, mejor dicho, que yo hubiera hecho el ridículo? Y ahora lo vuelvo a hacer.

Ella escupió las palabras con el deseo de que no fueran tales, sino ladrillos, algo que le hiciera tanto daño como el que él le había hecho, que aún le dolía.

–¡Tranquilízate! Te va a oír Terry.

–Y eso no te gustaría, ¿verdad, Malachi? –el corazón le latía con tanta fuerza que apenas se oía a sí misma–. No te gustaría que alguien supiera lo que eres en realidad, como utilizas a los demás, los explotas y les haces daño.

–Addie... –comenzó a decir él, pero ella negó con la cabeza.

–No, ya has dicho bastante –se obligó a mirarlo a los ojos–. ¿Cómo puedes pensar que está bien tratarme como a una prostituta? –la palabra se le atragantó y, de repente, dejó de importarle todo: el acuerdo al que había llegado con Malachi, su centro benéfico y Terry.

Se miró la combinación que se le había pegado a la piel húmeda. Sabía que era su cuerpo el que estaba debajo, pero no lo sentía como suyo.

–Creí que no podría sentirme peor que cuando supe que no podría tocar el piano profesionalmente –pero lo había hecho cinco años antes al darse cuenta de cómo Malachi había manipulado su amor por él. Le había dolido como si le hubiera hecho una herida. Y le había resultado imposible imaginarse que podría hundirse todavía más que entonces.

—Fue el final de todo –afirmó con voz temblorosa–. Pero me enfrenté a ello y lo convertí en algo positivo. Que me trates ahora así, hace que me sienta como si yo no importara nada, como si no fuera nada.

Era cierto. Jamás se había sentido tan despreciable, tan sórdida y deshonrada.

—Ya no sé quién soy –tragó saliva–. No sé si me gusto, si me gusta la persona en que me he convertido... –se le quebró la voz y no pudo seguir hablando.

Malachi se sintió enfermo. Sabía lo de su accidente, pero no que le había arrebatado sus sueños. Pensó que ella debiera habérselo dicho. Pero ¿por qué iba a haberlo hecho cuando, desde el principio, él le había dejado claro que su pasado era un tema prohibido y nunca le había preguntado por el suyo?

La miró en silencio. Estaba pálida y temblorosa y sus hermosos ojos reflejaban el dolor que sentía. Pero fueron sus puños, colocados sobre su cuerpo para protegerse, lo que más lo impactó.

No le gustó verla así y, mucho menos, saber que era por su culpa. Se sintió avergonzado y culpable. Había convertido su matrimonio en un juego. La había atrapado y había intentado manipularla para que hiciera lo que deseaba. Sabía lo que eso suponía y, sin embargo, la había hecho sufrir del mismo modo que lo habían hecho sufrir a él.

—Addie... –le acarició la mano con ternura, pero ella reculó.

—No puedo seguir con esto –susurró.

Asustado, vio que las lágrimas brillaban en sus ojos. Nunca la había visto llorar y se le hizo un nudo

en la garganta. No quería sentir su dolor. En realidad,
no quería sentir nada. Pero la había herido y, por primera vez en mucho tiempo, quiso hacer frente a ese
dolor y eliminarlo.

–Escúchame, por favor, cariño –dijo dando un paso
hacia ella.

Pero ella se alejó más de él.

Él la miró sin saber qué hacer. ¿Qué podía decirle?
Se había pasado casi toda la vida evitando escenas y
enfrentamientos y todo lo que tuviera que ver con la
emoción, pero se le encogió el corazón al ver el rostro
dolorido de Addie.

De repente, sus deseos dejaron de tener importancia. Lo que debía hacer era consolarla y ayudarla a
reconstruir lo que había destrozado sin piedad.

–No soy buena persona, Addie ya lo sé. Pero no
era mi intención hacerte daño. Y te lo demostraré si
me dejas. Por favor, Addie, déjame arreglar las cosas.

–¿Cómo? Mira lo que nos hacemos el uno al otro y
a nuestro matrimonio.

–No tiene que ser así. Podemos comenzar de
nuevo.

Ella tardó unos segundos en contestarle y él contuvo la respiración mientras la observaba y esperaba.

Por fin, ella alzó la cabeza y suspiró.

–No sé lo que significa eso. Ve a hablar con Terry,
que seguro que tiene cosas mejores que hacer que
estar esperando en la entrada.

Él asintió y fue al vestíbulo. Ella oyó que abría la
puerta y la conversación en voz baja. Unos segundos
después, la puerta se cerró y él volvió.

–Se ha ido. ¿Quieres que me vaya yo también?

Estaba serio, pero no parecía tan seguro de sí
mismo como era habitual, como si no estuviera seguro de lo que ella le contestaría.

Addie lo observó en silencio. ¿Jugaba con ella? ¿O intentaba reconciliarse? Al final, negó con la cabeza.

–No, no quiero que te vayas.

Él soltó el aire lentamente.

–Hablo en serio, cariño, cuando digo que volvamos a empezar –dijo mientras le acariciaba el rostro–. Quiero que las cosas entre nosotros vayan bien.

Ella se mordió los labios.

–Piensa en lo que ha sucedido, Malachi. Me he vendido a ti.

Él le acarició la mejilla con suavidad.

–Míralo desde este punto de vista: solo puedo permitirme tenerte durante un mes.

Ella sonrió levemente.

–Vas de farol.

–No. En póquer serías una escalera real, cariño.

Vio que ella cambiaba de expresión y, presa de pánico, le agarró las manos.

–Perdona, eso ha sido una grosería. Aunque te resulte difícil creerlo, todos mis pensamientos no se refieren al póquer –titubeó–. A veces pienso en ti; en realidad, muy a menudo –notó que ella tensaba las manos y la agarró con más fuerza–. No me refiero a esa clase de pensamientos, sino a ti, a tu persona.

Addie lo miró sin comprender. ¿Era aquel su frío esposo? No lo parecía. Se lo veía nervioso, casi como si no supiera lo que hacía o decía.

–¿Y quién soy?

–Una luchadora. Y una soñadora. Saliste fortalecida del accidente. Te impidió hacer lo que más querías, pero eso no te detuvo. Fundaste un centro benéfico. Otros se hubieran dado por vencidos.

Addie lo miró con recelo.

–Tú no –contestó ella en voz baja, pero firme y él

sintió que renacía la esperanza. Tal vez no lo había arruinado todo entre ellos.

–No. Sin embargo, no me hubiera hecho más fuerte ni mejor persona –pero no se trataba de él, sino de Addie–. Creo que eres muy valiente, cariño. Y siento haberme portado como un cretino –le puso la mano en el hombro–. Ya sé que no basta, pero es un principio. ¿Lo intentamos de nuevo, por favor?

La miró a los ojos y ella asintió sin decir nada.

Hizo un amago de atraerla hacia sí, pero, al final, recogió la ropa de ella del suelo.

–Toma, póntela.

Desvió la vista hasta que ella se hubo vestido y, después, la abrazó.

–Gracias –la besó el cabello–. Y ahora, ¿vamos a recorrer la isla?

Capítulo 7

¿HAY algo en particular que quieras hacer hoy? –preguntó Addie.

Malachi se inclinó hacia delante en la mesa para pinchar un trozo de piña de una enorme bandeja y le sonrió. Ella contuvo la respiración. Él llevaba unos pantalones cortos azules y sus largas y musculosas piernas se extendían ante ella como una tentación. Con el rostro levantado hacia el sol y el cabello cayéndole sobre la frente, estaba increíblemente seductor y masculino.

Sus miradas se cruzaron y ella se removió inquieta en la silla. Él volvió a inclinarse hacia ella y, por un momento, pensó que la iba a besar, pero se limitó a agarrar la cafetera y a servir el café.

–Pues sí, he pensado algo, pero tengo que hacer un par de llamadas.

Addie agarró su taza y deseó ser ella y no el sol la que le acariciara la piel dorada, pasarle el brazo por el cuello, apretar su cuerpo caliente y sobreexcitado contra el suyo...

Pero desear era lo único que podía hacer.

Tomó un sorbo de café. El día anterior se había sentido muy desgraciada por la forma en que la había tratado. Habían discutido y él había dejado a un lado su deseo para consolarla. Su ternura la había conmovido. Sin embargo, desde ese momento Malachi se había propuesto demostrarle que el sexo era lo último en lo que pensaba. La besaba y le pasaba el brazo por la cintura, pero cuando ella se apoyaba en él esperando y deseando más, él se limitaba a acariciarle la espalda o los brazos.

Ella se obligó a sonreír con la esperanza de que su rostro no revelara lo que su cuerpo sentía.

—Estupendo.

Él la miró pensativo.

—Todavía no te he dicho lo que es.

—Ya lo sé, pero estoy segura de que será estupendo, sea lo que sea.

Él se inclinó hacia delante y le sonrió.

—Me encanta tu confianza. Creo que no te lo voy a decir para que sea una sorpresa.

Una hora más tarde, Addie lamentó haber confiado en él mientras se dirigían en una lancha motora... ¿adónde?

—Dame una pista, por favor —miró a Malachi llena de frustración.

El negó con la cabeza sonriendo mientra le pasaba el brazo por la cintura.

—No quiero estropearte la sorpresa —murmuró.

Ella lo miró recelo y él soltó una carcajada.

—Confía en mí, cariño. Sé lo que te gusta, y esto te va a encantar.

Le acarició el vientre por encima de la fina tela del vestido y, con los ojos medio cerrados, ella imaginó lo que le gustaría hacer con Malachi. Se puso a temblar al pensar en los dos moviéndose juntos lentamente, con los cuerpos entrelazados...

Se le aceleró el pulso y se dio cuenta de que tenía que contenerse. Miró hacia la masa verde y marrón que, en la distancia, iba aumentando de tamaño lentamente.

—¿Es eso isla Finlay? ¿Es ahí adonde vamos?

Él negó con la cabeza sonriendo.

—Un par de minutos más y todo quedará aclarado.

La lancha rodeó la isla y Addie se quedó boquia-bierta.

—¿Qué es eso?

—Es *Pearl Diver*, un submarino y mi más reciente adquisición. He pensado que te gustaría estar con-migo en su primera travesía.

Demasiado atónita para hablar, Addie contempló, incrédula, el submarino. Por fin, se recuperó del asombro y miró a Malachi al tiempo que negaba con la cabeza.

—A ver si lo adivino. Planeas construir el primer casino bajo el agua.

—Vaya, no se me había ocurrido —se inclinó hacia ella y le levantó la barbilla con el dedo—. Y lo que es más importante, ¿por qué no se le ha ocurrido a nadie de mi equipo? Tal vez debiera ofrecerte un puesto en él.

Ella lo miró con severidad. Lo más probable era que le estuviera tomando el pelo, pero con Malachi nunca se sabía. Tal vez pensara ofrecerle un premio de consolación.

—Gracias, pero ya tengo un trabajo que me encanta. ¿Por qué has comprado un submarino? —preguntó con curiosidad. Y no pudo evitar burlarse de él al añadir—: ¿Acaso todos esos desagradables multimillonarios ya tenían uno?

—Ahora que lo mencionas... —respondió él esbo-zando una sonrisa.

—Eres imposible.

Él se encogió de hombros.

—He pensado que, como tenías tanto empeño en recorrer la isla, te gustaría verla bajo el agua.

—¿En serio?

Addie notó un nudo en el estómago. ¿Era cierto? ¿Había organizado ese viaje para ella? Se tragó la burbuja de felicidad que sentía en la garganta y le sonrió insegura.

—Pareces sorprendida.

—Sí... Bueno, no —se mordió los labios—. Es que no... pensé... —respiró hondo—. Eres muy considerado —acabó diciendo.

—Considerado... —repitió él entrelazando los dedos con los suyos—. ¿Es eso lo que soy? Pues yo creía que era un romántico —afirmó en tono burlón, pero con una intensidad en su expresión que ella no comprendió.

¡Romántico! Tiempo atrás, era con lo que ella soñaba. Y durante un tiempo creyó que sería posible que Malachi fuera capaz de amarla y de manifestarle su amor. Ahora, con los ojos de él fijos en su rostro y el cabello cayéndole sobre la frente, era tentador creer que hubiera algo de verdad en sus palabras. Solo que no la había. Por muy poético que fuera su lenguaje, los únicos corazones que le interesaban eran los que aparecían en las cartas.

—Estoy a punto de desmayarme de la emoción, pero es difícil estando sentada.

—Pues tendré que pensar en otra forma de conseguirlo.

A ella no se le ocurrió qué contestarle porque solo pensaba que él le estaba dedicando toda su atención, que le sonreía y se reía. Era como ver salir el sol después de una tormenta.

Veinte minutos después se hallaba en el dormitorio de la suite principal del submarino pensando en el número alucinante de formas en que Malachi y ella podrían divertirse en una cama como a aquella.

Apretó los muslos al tiempo que los latidos de su corazón competían con la rítmica vibración del motor.

—Estás temblando —dijo Malachi—. ¿Te encuentras bien?

—Sí —contestó ella sonriéndole—. Probablemente sea un exceso de adrenalina. Me resulta increíble lo que está pasando, estar en un submarino de verdad. No me parece real.

Malachi la miró. Addie tenía las mejillas rojas y parecí aturdida. Sintió que se le endurecía la entrepierna. Se había pasado casi media vida buscando emociones, riesgos cada vez mayores, yendo más allá de los límites y saltándose las normas. Pero nada de lo que había hecho le había resultado tan embriagador como observar lo emocionada que ella estaba. O como saber que él era el causante de que se sintiera así.

Sintió calor. Entre ellos dos, no había nada más que el vestido de ella y la camiseta y los pantalones cortos de él. La deseaba más de lo que había deseado a ninguna otra mujer, y ella, a su vez, lo deseaba. Sin embargo, se contuvo. Sucedería, pero cuando ella lo decidiera.

—Pues lo es —le soltó la mano—. Voy a demostrártelo —sonriendo le entregó un mando a distancia—. ¿Ves el botón azul que está en el medio? Apriétalo.

Ella lo hizo. Nada sucedió durante unos segundos. Después, se oyó un zumbido y le pareció que las paredes de la habitación comenzaban a moverse. Pero no eran paredes, sino enormes persianas que comenzaron a subir lentamente mientras ella retrocedía boquiabierta.

Al otro lado de las ventanas, contempló el agua más azul que había visto en su vida. Pero no era solo azul, sino blanca, dorada, roja y verde. Se acercó a tocar el cristal. El coral era como una arcoíris viviente. Y se veían por todas partes peces de multitud de formas y colores.

—¿Qué te parece? –preguntó Malachi, que se había situado detrás de ella.

—Es otro mundo –susurró ella volviendo la cabeza hacia él.

—Nuestro mundo –afirmó él–. ¿Ves eso? Son los restos del naufragio del *Creole Queen*. El capitán los encontró el mes pasado. Es un barco que una tormenta hundió en 1785. Si quieres, podemos salir a explorarlo. ¿Quién sabe? Tal vez encontremos un tesoro.

Ella lo miró con los ojos como platos.

—¿Es eso posible?

—No veo por qué no –contestó él sonriendo–. Aquí hay cientos de barcos que han naufragado. Es posible que haya algo de valor en alguno.

—Supongo que sí. ¿Y si encontramos un tesoro? –preguntó ella en tono burlón–. ¿Cómo sé que no te quedarás con mi parte?

—¿Cómo sé yo que no te quedarás tú con la mía? –le acarició lentamente el brazo con el dedo haciendo que a ella le resultara imposible concentrarse.

—No puedes saberlo.

—En ese caso, creo que no vamos a tener más remedio que no perdernos de vista mutuamente.

El buceo fue increíble. Anteriormente, Addie solo había usado gafas de bucear, pero Matachi era un buceador experimentado y un profesor sorprendentemente paciente. Después de bucear, comieron tranquilamente en una playa de otra isla que eligió el capitán. Fue entonces cuando el cansancio hizo mella en Addie.

—Estoy agotada –dijo al tiempo que reprimía un bostezo mientras volvían al submarino–. ¿Es normal?

–Totalmente. Los primeros buceos te dejan para el arrastre.

–Creo que voy a tumbarme un rato. ¿Qué vas a hacer tú?

–Voy a jugar a ser el capitán del submarino, pero te prometo que te despertaré dentro de un rato.

Addie se dio una ducha, se tumbó en la cama y se quedó dormida, acunada por el zumbido soporífero del motor.

Se despertó al cabo de un rato y agarró el móvil para ver la hora. ¡Había dormido tres horas! Se sentó en la cama y vio que, a los pies, había un precioso vestido largo, de color azul y, a su lado, unos zapatos de tacón de un azul más oscuro.

Se levantó y se puso el vestido. Tenía un escote profundo en forma de V y una abertura lateral que le llegaba casi hasta la pelvis. Pero le sentaba de maravilla. Se puso los zapatos y se miró al espejo.

¿Era realmente ella? Se miró varias veces antes de reconocerse. El vestido le estaba como un guante pero... Se miró el escote con aprensión.

–No, no lo es.

Alzó la cabeza bruscamente al oír la voz de Malachi. Estaba detrás de ella vestido de esmoquin. En una mano llevaba una botella de champán y dos copas en la otra. Estaba increíblemente sexy y seductor.

–El escote no es demasiado bajo. Es lo que estabas pensando, ¿verdad?

Ella asintió. Él se le acercó despacio y le rodeó la cintura con le brazo obligándola a volverse hacia él.

–Estás muy guapa, cariño, demasiado para un tipo como yo. Y el vestido te sienta de maravilla.

Ella tragó saliva e intentó aparentar tranquilidad.

–Gracias. Y gracias por el regalo. ¿Cómo sabías mi talla?

–No me ha resultado difícil –dijo el con suavidad–. He estado pensando mucho en tu cuerpo en los últimos días.

Se produjo un tenso silencio. Addie estaba muy nerviosa, pero consiguió controlarse.

–Buen trabajo. Y tú también estás estupendo –dijo con voz ronca.

–Traigo champán, así que cabe esperar que no te pases la velada preguntándote cómo has acabado con un perdedor como yo.

¡Un perdedor! Addie lo miró. Dudaba que Malachi hubiera perdido alguna vez en su vida. Ella, por el contrario, perdería el control si no salían pronto del dormitorio.

Malachi descorchó la botella y sirvió las copas.

–Por el mar y sus tesoros ocultos –brindaron–. Y ahora vamos a comer. Estoy hambriento.

Tomaron una deliciosa ensalada de *burrata*, seguida de pasta con trufa blanca y un *fondant* de chocolate de postre.

–Me alegro de que no hayamos tomado pescado –dijo Addie mirando por la ventana el mar oscuro–. ¿Y si nos han visto los peces?

Malachi sonrió. Se había quitado la chaqueta y su piel bronceada contrastaba con el blanco inmaculado de su camisa.

–Creo que estarían contentos de que te los comieras. En el mundo, el pez grande se come al chico.

Ella se echó a reír, apartó el plato vacío y tomó un sorbo de vino.

–¿En qué piensas? –preguntó él.

–En nada importante. En lo mucho que a los niños les gustaría esto. Supongo que no te importará que les enseñe algunas fotos, ya que, si no, no me creerán.

–No, claro que no.

–Gracias –el ambiente agradable de unos momentos antes había desaparecido. De repente, confusa y nerviosa, Addie lo miró.

–Siento haber mencionado el trabajo. Se me ha ocurrido de pronto.

Se produjo un corto y tenso silencio.

–Para ti no es solo trabajo, ¿verdad?

Sus palabras la sorprendieron. Él la miraba con una mezcla de curiosidad y aprobación.

–Te importan de verdad esos niños.

–Sí, desde luego –afirmó ella–. Se lo merecen. La vida es muy difícil para muchos de ellos y son muy valientes.

–Tienen suerte de que los defiendas. No se me ocurre nadie mejor para estar a mi lado y cubrirme las espaldas.

Ella contuvo la respiración. Entonces, ¿por qué la había apartado de su vida? Ella había estado a su lado cubriéndole las espaldas cuando, en lugar de ello, debiera haber estado preocupándose de sí misma.

–No soy una santa. Los niños me dan mucho.

Malachi la miró. Con ese vestido, ninguna mujer parecería una santa. Se preguntó si ella sabía lo hermosa y lo sexy que era. La deseaba con locura. Sin embargo, por primera vez en su vida, el sexo no le parecía tan importante como escuchar lo que ella le contaba.

–¿Como qué?

–Me divierten y dan sentido a mi vida. Después del accidente, no me imaginaba que pudiera hacer nada relacionado con la música. Sufría solo de pensar en lo que había perdido. Me sentía muy desgraciada.

–¿Y qué cambió? –preguntó él. Detestaba la idea de que ella hubiera sufrido de esa manera tanto como se odiaba a sí mismo por no haberlo sabido.

–Hice un taller en una escuela y me di cuenta de que la música no es únicamente ser solista de un instrumento, sino que también es crear y compartir. Fue entonces cuando acepté que no tendría la vida que había planeado, pero que tendría una vida que sirviera para algo –lo miró a los ojos y sonrió débilmente–. O, al menos, una vida que no fuera tan aburrida y solitaria como estar tumbada en la cama de un hospital durante semanas y más semanas.

Él la miró con intensidad y ella se calló. No era probable que Malachi conociera el aburrimiento ni la soledad, ni que los comprendiera. Pero él asintió.

–Por eso, por aburrimiento, empecé a jugar a las cartas. Debía de tener siete años y estábamos en Europa visitando a unos amigos –dio un trago de vino–. Yo era hijo único y a mis padres les encantaba ir de fiesta. Con frecuencia no se levantaban hasta la tarde, por lo que me aburría. Un día, uno de los mozos del hotel en que nos alojábamos me enseñó a hacer solitarios. Después, me enseño a jugar al *blackjack* y al póquer.

Malachi contrajo los músculos del rostro.

–Aprendí bien y rápidamente. Esa es una de las ventajas de vivir en hoteles. Siempre hay un montón de gente que cambia de turno, y muchos de ellos juegan a las cartas.

–Creía que era tu padre el que te había enseñado.

–No, me enseñó otras cosas, pero eso te lo contaré otro día. ¿Tomamos café?

Ella no dijo nada, pero se estaba haciendo muchas preguntas. ¿Por qué no habían hablado antes de su infancia? ¿Por qué había tantos temas prohibidos? ¿Era a causa de su padre? ¿Se habían peleado? ¿Por eso sus padres no habían ido a la boda?

Malachi se levantó y le tendió la mano.

El café los esperaba en el salón.

Addie dio un sorbo y frunció el ceño.

—¿A qué sabe?

—A cardamomo. Si no te gusta, pediré que te lo cambien.

—No, me gusta. Es picante. Bueno, tal vez no lo sea —se apresuró a añadir por la connotación sexual de la palabra.

Él la miró a los ojos y ella se estremeció cuando él le acarició el brazo y le rozó el pecho con los nudillos.

—No sé lo que me digo. Y ni siquiera he bebido mucho. Debe de ser todo el exceso de oxígeno de antes. Probablemente acabaré viendo sirenas.

La mano de él se detuvo y ella la sintió caliente y firme sobre la piel.

—Yo ya las he visto. Al menos, una.

Ella contuvo el aliento.

—Solo es por el vestido —dijo con voz ronca.

—No, también es por esto —contestó él acariciándole el cabello—. Y por estos... —se inclinó hacia ella y le rozó los labios con los suyos—. Me has embrujado —susurró antes de besarla.

—Entonces, ¿cómo es que estoy en tu submarino en el fondo del mar? —murmuró ella.

—¿Quieres que te lleve de vuelta a la superficie? —preguntó él sonriendo.

Ella lo miró a los ojos y le pareció que se ahogaba en ellos.

—No, quiero quedarme aquí para siempre.

—Eso se puede arreglar —dijo él con voz ronca y los ojos ardientes.

—¿No nos quedaríamos sin aire?

Él le deslizó los dedos por la clavícula hasta la barbilla y se la levantó.

—Al final, sí. Pero se agotaría más despacio si lo compartiéramos.

–¿Y cómo se comparte el aire? –preguntó ella con el pulso acelerado.

–Es muy fácil. Solo hay que hacer esto.

Inclinó la cabeza hacia ella y volvió a besarla. Ella entreabrió los labios, llena de deseo. Se aferró a su brazo cuando él le introdujo la lengua. Su deseo se intensificó e intentó desabotonarle la camisa con dedos torpes.

Después, se los introdujo en el cabello y lo besó con fiereza, apretándose contra los duros músculos de su pecho. Él la agarró de la cintura y la atrajo hacia sí. Era una sensación maravillosa. Ningún otro hombre podía hacerla sentirse así. Solo Malachi.

Él dejó de besarla.

–¿Estás segura? –tenía contraído el rostro y le temblaban los brazos de tensión y deseo. Con el corazón palpitante, Addie tomó aire. Lo miró a los ojos y percibió cómo él se contenía tensando los músculos. El deseo se le extendió por la piel como si fuera lava.

Malachi, con la boca seca, contuvo la respiración. Los días anteriores se había visto atormentado por imágenes eróticas de Addie, pero ninguna se había aproximado a lo increíblemente sexy que estaba en aquel momento, con su largo cabello pelirrojo sobre los hombros y el increíble vestido azul que se ajustaba a cada una de sus curvas como una segunda piel.

Ella asintió lentamente y él notó que su autocontrol desaparecía.

La tomó en brazos. Su cuerpo, tan liviano, se apretaba contra el de él en respuesta a sus besos y caricias. Se dirigió con ella al dormitorio, abrió la puerta y, tras cerrarla de una patada, la depositó en el suelo.

Le introdujo los dedos en el cabello y, temblando, la atrajo hacia sí. El dulce sabor de su boca lo volvió loco. Comenzó a empujarla hacia atrás hasta que chocaron contra la pared.

Le lamió el cuello, que sabía a sal, le levantó los brazos por encima de la cabeza y le sujetó las muñecas con una mano, mientras deslizaba la otra por su garganta hasta los senos. Se la metió por debajo de la tela y le acarició un pezón.

Addie se estremeció. Tenía el vientre tenso y caliente. Y arqueó el cuerpo hacia arriba, gimiendo, cuando él le lamió el duro pezón.

Al oír el gemido, Malachi estuvo a punto de volverse loco. Alzó la cabeza, le soltó las manos y retrocedió tambaleándose. La miró fijamente y en silencio durante unos segundos. Después le acarició la garganta con la mano extendida. Con la otra le bajó la cremallera del vestido, que cayó al suelo.

Malachi notó que se le tensaba todo el cuerpo. Addie estaba desnuda salvo por unas mínimas braguitas. Al contemplarla, se quedó sin aliento. La levantó bruscamente y le apoyó la espalda en la pared. Le pareció que el cuerpo le iba a estallar de deseo mientras ella le desabrochaba el cinturón y le bajaba la cremallera para liberar su excitada masculinidad.

—Addie...

Contuvo el aliento cuando ella la tomó en la mano. Él la apartó la tela entre los muslos, le abrió las piernas e introdujo los dedos en su centro húmedo y caliente.

Jadeando y con los ojos muy abiertos, Addie le apartó la mano y lo guio hacia ella. Se estremeció cuando él la embistió y sus cuerpos se unieron. Instantáneamente se perdió en aquella sensual excitación. Cerró los ojos y elevó las caderas mientras él la sujetaba por las nalgas.

La embistió con más fuerza para abrirla del todo. Ella arqueó la espalda para ir al encuentro de cada embestida al tiempo que le clavaba las uñas en los hombros y se le aceleraba la respiración.

Él se estremeció y gimió. Y mientras se vaciaba en su interior, ella sintió que su cuerpo se tensaba en espasmos en torno al de él.

Addie apoyó la cabeza en el hueco del hombro masculino y respiró agitadamente mientra su cuerpo languidecía en brazos de Malachi. El corazón le martilleaba en el pecho y su piel, húmeda, se pegaba a la de él. Al final, él se retiró suavemente y le besó el cabello. La llevó a la cama y ella se acurrucó junto a su pecho.

Malachi hizo una mueca al contemplar su rostro sofocado.

—No te he hecho daño, ¿verdad? —la abrazó y apoyó el rostro en su cabello—. He intentado detenerme, pero no he podido. Te deseaba tanto...

Nunca se había sentido tan desesperado. Con la respiración aún agitada, alzó la cabeza para mirarle el rostro.

—No sé lo que me pasa cuando estoy contigo.

Ella lo miró aturdida, sin decir nada. Él parecía tan perplejo como ella. ¿Estaba de verdad reconociendo que había perdido el control?

Ella quería oír más, preguntarle a qué se refería, pero le era imposible pensar y mucho menos hablar. Pero no le importaba, pensó, mientras los ojos se le cerraban. En aquel momento, no importaba nada salvo él y ella y el latido de sus corazones.

Capítulo 8

POR fin! ¡Un as! Satisfecho, Matachi puso la carta en la mesa. Oyó que, detrás de él, Addie se removía en sueños. La miró y contuvo la respiración. Con el cabello brillando a la luz de la luna que iluminaba la habitación, parecía más que nunca una sirena.

La observó durante unos segundos y volvió a las cartas. Addie dormía profundamente, pero, por desgracia, él no. Y no entendía por qué.

Después del enfado de ella, había decidido tomárselo con calma y esperar mientras saboreaba la intensidad de su deseo. Nunca había deseado a una mujer como a ella ni había esperado tanto para poseerla. Pero había valido la pena.

Debiera sentirse satisfecho y saciado. Sin embargo, allí estaba, bien despierto, con el deseo hormigueándole en el cuerpo, y haciendo solitarios a la luz de la luna.

No tenía sentido. Se suponía que el sexo resolvía los problemas, no que los creaba. Había pensado que, una vez consumado su deseo, dejaría de estar sexualmente enganchado a Addie. Pero no era así. En vez de saciarle el deseo, haber tenido sexo con ella no solo parecía haberle aumentado la libido, sino que también le había afectado el cerebro.

Por ejemplo, siempre había creído que había que evitar las muestras de afecto después del coito o, como mucho, soportarlas. Sin embargo, le había resultado imposible estar tumbado al lado de ella y no abrazarla estrechamente. De hecho, se había tenido que levantar para dejar de hacerlo.

Se puso de pie y se acercó a la cama para mirar a Addie. Por primera vez en su vida, el sexo no era un fin en sí mismo, sino un medio para conseguir un fin.

Le pasaba algo. Sentía cosas que no esperaba ni deseaba sentir. Por ejemplo, había dejado de importarle el acuerdo al que habían llegado y lo que le importaba era estar con ella. Por eso se la iba a llevar a Venezuela para la inauguración de su nuevo casino.

Addie se removió en la cama, se volvió hacia él y abrió los ojos.

–¿Qué pasa?

Él le acarició el rostro con ternura.

–Nada. No tengo sueño.

–Yo tampoco –dijo ella sonriendo.

Él la miró fijamente a los ojos y se metió bajo las sábanas. La atrajo hacia sí, sin que ella opusiera resistencia, y la besó apasionadamente en la boca.

Tumbados al sol, Addie y Malachi jugaban a las cartas. Al acabar la partida, ella gimió.

–¿Cómo es posible que haya vuelto a perder? ¿Y dices que no habías jugado antes a «vete a pescar»? –le preguntó en tono acusador.

Mientras barajaba las cartas con la habilidad de un crupier de Las Vegas, Malachi sonrió.

–No lo había hecho. ¿Por eso querías que jugáramos? ¿Para aprovecharte de mí?

Addie soltó una carcajada.

–Lo pensé.

–Seguro –le agarró la mano y la atrajo hacia sí al tiempo que la inmovilizaba con una pierna y la mano–. Entonces, tal vez deba tomarme la revancha y aprovecharme de ti de algún modo.

Ella lo miró e inclinó la cabeza para observar cómo jugaba el sol en su rostro.

Habían sido unos días extraños, pero Malachi parecía distinto, más tranquilo y relajado, como si se hubiera liberado de la tensión. Ella se sentía así, por lo que tal vez se debiera a que se estaban acostumbrando a estar juntos.

Pero le parecía que había algo más que eso. El corazón comenzó a latirle con fuerza al recordar cómo la había consolado, lo cual era impropio de él, que odiaba las escenas. Sin embargo, había arrinconado su evidente deseo y la había dejado hablar, le había hecho preguntas y escuchado sus respuestas.

Todo era muy confuso, tanto como sus sentimientos hacia él.

No debiera estar pasándoselo bien. Pero, la verdad era que no se había sentido tan feliz en su vida, ni siquiera durante su noviazgo, cuando creía que Malachi la quería.

Apartó esos pensamientos y le rodeó el cuello con los brazos.

–¿Qué se te ocurre?

–No estoy seguro –murmuró él inclinándose hacia ella para besarla en la boca.

Más tarde, con el cuerpo dolorido, Addie se acurrucó junto a él y le acarició el estómago.

–¿Por qué vas a inaugurar un casino en Caracas? –echó la cabeza hacia atrás y lo miró con curiosidad.

Él se encogió de hombros.

–Porque llevo dos años expandiendo el negocio en Sudamérica.

Ella asintió sin escucharlo apenas. Seguía pensando en que le había pedido que lo acompañara y se preguntaba cómo aquel acto público encajaría en el acuerdo al que habían llegado. En la isla, aunque su relación no fuera ortodoxa, era privada. Sin embargo, no podía presentarla como su amante en un evento social.

¿Qué más daba? A ella no le importaba.

La respuesta se le ocurrió de pronto y no le gustó. Claro que le importaba, pero no su relación, sino él. Soltó el aire lentamente. No era una sorpresa, pero, de todos modos...

Era extraño, pero, aunque habían pasado cinco años sin verse, seguía habiendo un vínculo entre ellos, la sensación de que estaban más que casados. Tal vez no tuviera sentido ni cambiara nada, pero era el motivo por el que ella no le había pedido el divorcio y por el que parte de ella quería dejar de ser su amante e ir a Caracas como su esposa.

La voz de él interrumpió sus pensamientos.

–Perdona... Estaba... –hizo una pausa–. ¿Estás seguro de que quieres que vaya contigo?

Él la miró pensativo.

–Por supuesto. Quiero que mi dinero me resulte rentable.

Se produjo un silencio, y ambos se sobresaltaron cuando sonó el móvil de Malachi.

Se lo sacó del bolsillo, miró la pantalla y contestó.

–Sí... No, lo dudo mucho.

Se apartó de ella, que notó una repentina tensión en los músculos de su estómago y, tras unos segundos de indecisión, retiró la mano. Él se levantó y le dio la espalda mientras ella se preguntaba quién le habría llamado. Sorprendida, se dio cuenta de que él se esforzaba en mantener la compostura.

Con la sensación de que se estaba metiendo donde no la llamaban, agarró un puñado de arena y dejó que se le deslizara entre los dedos.

–De acuerdo, déjalo de mi cuenta. Lo solucionaré –dijo él antes de colgar.

–¿Todo bien? –preguntó ella.

Había sido una pregunta educada. Era evidente que las cosas no iban bien.

Sin embargo, cuando él se volvió hacia ella se limitó a sonreír.

–Sí, todo bien. No pasa nada.

Ella asintió en silencio. Él le había sonreído de la misma manera cuando estaban jugando a las cartas, de un modo imposible de descifrar. Probablemente era la sonrisa que empleaba a diario para mantener a alguien a distancia. Le entristeció comprobar que la calidez que había habido entre ellos se había evaporado como la arena entre sus dedos.

Se levantó. Podía dejarlo ahí. Él le había dicho que no pasaba nada y, aunque no fuera verdad, no era asunto suyo. Pero había algo en su sonrisa y en su voz que hizo que se le encogiera el corazón. Y aunque carecía de sentido, seguía preocupándose por él, sobre todo si algo le hacía daño o lo trastornaba.

Respiró hondo.

–¿Es algo relacionado con el trabajo?

Él la miró. Seguía sonriendo, pero no con los ojos.

–No, el trabajo sabe cuidarse solo. En cambio, mis padres necesitan que los cuiden a tiempo completo.

–¿Tus padres? ¿Qué ha pasado? ¿Están bien?

Él se encogió de hombros, despreocupado.

–Eso espero. Ya ha pasado antes y espero que se pueda solucionar.

–Pero...

–No te preocupes –la interrumpió él–. Te prometo que no pasa nada. No tardaré más de un par de horas en solucionarlo. Por suerte, están en Miami. La última vez que sucedió lo mismo estaban en Cannes

Addie lo miró sin entender.

—¿Es que vamos a volver a Miami?

—No, no hay motivo alguno para que tú tomes parte en esto. Iré solo. Si tomo el helicóptero ahora, estaré de vuelta a última hora de la tarde o, como mucho, mañana por la mañana.

—Pero... —ella frunció el ceño—. Sin duda sería mejor que fuera contigo.

—¿Mejor? ¿En qué sentido?

—No sé. Tal vez te gustaría tener algo de apoyo. Tal vez pueda ayudarte...

—¿Quieres ayudarme con mis padres? —él lanzó una dura carcajada al tiempo que negaba con la cabeza—. Entiendo. Te prevengo que no tienen oído para la música, por lo que dudo que respondan a la terapia musical.

Addie lo miró al tiempo que notaba que la invadía la ira. Era como hablar con un desconocido; un guapo y distante desconocido, no con el hombre al que había dado acceso a su cuerpo.

—No lo entiendo.

Él no movió un músculo.

—No hace falta que lo entiendas. Esto va mucho más allá del dinero que te pago, cariño.

Ella lo miró temblando de ira.

—Entonces, tal vez debiera pedirte un aumento de sueldo porque, desde luego, no me pagas lo suficiente para aguantar esa clase de comentarios.

El rostro masculino se puso tenso.

—No exageres. Ya te he dicho que no hace falta que me acompañes a Miami. Si de verdad quieres ayudarme, quédate y después nos iremos a Caracas como habíamos planeado,

—Así que quieres que vaya a Caracas, pero no que conozca a tus padres... —se interrumpió bruscamente porque la ira y la frustración la impedían hablar–. Si tanto te avergüenzo, no debiera estar aquí, para empezar.

Él frunció el ceño y se le oscureció el rostro.

—No me avergüenzo de ti.

—Entonces, ¿cuál es el problema?

—No hay problema alguno salvo tú. Eres tú quien lo está convirtiendo en un problema.

—¿Por querer conocer a tus padres?

—Esto no tiene nada que ver con ellos.

—¿Por eso no vinieron a nuestra boda?

Las palabras le salieron antes de que pudiera tragárselas. Era la pregunta que le había hecho cinco años antes.

—No fueron porque no se lo pedí. No lo entenderías ni pretendo que lo hagas.

—Pero me pides que vaya a la inauguración de tu nuevo casino.

—Intenta ser razonable, cariño. Nada tiene que ver una cosa con la otra.

—Si tú lo dices. Vete Malachi –agarró la toalla y pasó a su lado–. Me voy a bañar. Que tengas buen viaje.

Se metió en el agua y miró fijamente hacia delante. Estaba demasiado furiosa para observar el hermoso entorno. Pero sintió el agua fría en la piel y la brisa relajante. Lentamente fue calmándose.

Malachi era imposible. «Intenta ser razonable, cariño», masculló.

De repente, decidida a no consentir que le estropeara todo, comenzó a nadar con fuertes brazadas. Diez minutos después, mientras se apartaba el cabello mojado de la cara, miró hacia la playa con el ceño fruncido. Estaba segura de haber dejado la toalla bajo aquella palmera...

El pulso se le aceleró al ver a Malachi en la orilla, con la toalla en la mano.

Nadó de vuelta y salió con la cabeza muy alta.

–¿No tenías que estar camino de Miami? –le espetó.

Él no respondió y se limitó a tenderla la toalla. Ella lo miró con recelo.

–Ya sé que parece una toalla, pero es una rama de olivo.

Ella no contestó.

Malachi observó que tragaba saliva y respiraba hondo. Adivinó el conflicto en sus ojos entre el deseo de creerle y el dolor que se lo impedía.

Estaba a punto de volver a intentarlo cuando ella lo miró y dijo:

–¿Qué quieres, Malachi?

Él carraspeó.

–Quiero que vengas conmigo a Miami, si es que todavía te apetece.

Ella siguió mirándolo, no con ojos vidriosos y soñolientos como después de haber hecho el amor en la playa, sino hostiles, muy hostiles.

–Creí que eso no iba incluido en mi sueldo.

Malachi se pasó la mano por el rostro suspirando. El corazón le martilleaba en el pecho y la tensión le había hecho un nudo en el estómago. Al verla meterse en el agua, había montado en cólera contra sus padres por haberle estropeado su estancia en el paraíso y contra sí mismo por haber bajado la guardia. Y contra Addie por...

¿Por qué? ¿Por querer ayudarlo? ¿Por preocuparse por él?

Al recordar su rostro, la ira dio paso a la sorpresa, ya que se dio cuenta de lo que había visto, pero había preferido pasar por alto: que ella se preocupaba por él.

–No debiera haber dicho eso. Ha sido una grosería y lo lamento. Es que nunca... no he... –se interrumpió. Las cosas se estaban complicando. ¿Cuánto debía explicarle? Había muchas cosas que ella no entendería.

–Ya lo sé –dijo Addie agarrando la toalla–. Sé lo que es pensar cosas que no quieres explicar. Después del accidente, me ponía enferma que me preguntaran en qué pensaba. No tienes que contármelo todo. De hecho, no tienes que contarme nada si no quieres. Lo único que pretendía era que no tuvieras que enfrentarte solo a la situación.

–Entonces, ven conmigo. Así no tendré que contártelo, porque lo verás por ti misma.

–Muy bien, iré –Addie sonrió levemente–. Pero te lo advierto: si vuelves a hablar de sueldos, te tiraré desde el helicóptero.

En la cabina del helicóptero, Addie contempló las luces de Miami, que cada vez estaban más cerca. Malachi, sentado a su lado, estaba inmóvil y en silencio.

Era evidente que sus padres se encontraban bien, por lo que Addie se preguntó qué le había hecho ir hasta allí. Pero había mantenido su palabra y no le había hecho más preguntas sobre la llamada ni él le había dicho nada al respecto. Sin embargo, no la había soltado de la mano durante las tres horas de viaje.

Tras la tranquilidad de la isla, el centro de Miami le resultó ruidoso y atestado de gente. Pero, al menos, era gente corriente, pensó nerviosa, mientras la limusina se detenía frente al hotel Marlin, uno de los más caros y lujosos de la ciudad. Los padres de Malachi no eran gente corriente. A escondidas, había buscado información sobre ellos en Internet y se había quedado horrorizada al enterarse de que Henry y Serena King no solo eran increíblemente ricos y guapos, sino que también daban las fiestas más glamurosas y decadentes del mundo.

Contempló su reflejo en la ventanilla y sintió pánico. Llevaba un vestido negro, corto y bonito, pero, desde luego, distaba mucho de ser decadente. Tal vez debiera haberse puesto el que le había regalado Malachi. O tal vez debiera haberse quedado en la isla.

–¿Estás bien? –preguntó Malachi.

–Sí, ¿por qué?

–Porque me estás apretando tanto la mano que me cortas la circulación.

–Lo siento –aflojó la mano y observó la fachada del hotel–. Supongo que estoy un poco tensa. Es como si me hubiera marchado de aquí hace mucho tiempo.

Él le examinó el rostro en silencio y la atrajo lentamente hacia sí.

–A ver si lo adivino: te pone nerviosa que vayas a conocer a mis padres.

–Un poco.

–Son encantadores. Estoy seguro de que te encandilarán. Les pasa a todos.

Malachi sonreía, pero había un trasfondo en sus palabras que ella no pudo identificar.

–No sé si eso hace que me sienta mejor o peor –le apretó la mano–. De todos modos, no se trata de mí, sino de ti. Y quiero que sepas que antes hablaba en serio: si me necesitas, puedes contar conmigo.

Lo miró esperando que él se apartara o que cambiara de tema. Sin embargo, no lo hizo, sino que, tras un segundo de vacilación, sus dedos apretaron los de ella con más fuerza.

–Ya lo sé –la besó suavemente en los labios–. Prométeme que estarás cerca de mí.

–Te lo prometo.

Tardaron casi media hora en llegar a la duodécima planta, donde se hallaba la suite en que se alojaban los padres de Malachi, ya que tuvieron que tranquilizar al director del hotel, un hombre alto y calvo que parecía estar a punto de desmayarse, pero que, al final, les ofreció una botella de champán.

En el ascensor, Malachi miró a Addie a los ojos.

–Estás preciosa –dijo en voz baja mientras el ascensor se detenía.

Las puertas se abrieron y ella contuvo la respiración. No se esperaba aquello. La suite era inmensa, de techos altísimos. Seis enormes arañas colgaban sobre una fuente escalonada de mármol. No obstante, no fue la decoración lo que la dejó sin aliento, sino la gente.

A pesar de su tamaño, la habitación estaba atestada. Mujeres con vestidos de encaje y lentejuelas y hombres con trajes oscuros estaban sentados en los sofás o apoyados en la pared. Todos llevaban máscaras.

Miró nerviosa a Malachi, pero él la conducía, sorteando a la gente que reía y bailaba, hasta que llegaron al otro lado de la habitación, donde había una mesa con dos enormes cuencos dorados llenos de máscaras.

–No sé cuál elegir –dijo ella.

–Pues no elijas ninguna –dijo él con los ojos brillantes y lleno de una extraña energía nerviosa–. No tenemos nada que ocultar.

Mientras se abrían camino entre la gente, él agarró dos copas vacías de un camarero que pasó a su lado. Se acercaron con ellas a la fuente y las llenó del líquido que manaba.

Addie bebió con precaución de la suya.

–¡Es champán!

Malachi asintió, hizo una mueca y desvió la mirada. La fiesta parecía estar en todo su apogeo, pero dada la proporción entre el alcohol disponible y la cantidad de gente, sabía que solo se hallaba en sus comienzos. ¿Qué hacía allí? ¿Y por qué había llevado a Addie? Al volver a mirarla y ver sus ojos abiertos de la sorpresa, se le encogió el estómago.

–A veces es champán y absenta, y las cosas se desquician.

Addie asintió mientras miraba a su alrededor y daba nerviosos sorbos de champán.

–¿Quién es toda esta gente?

–Probablemente la haya invitado Serena. Detesta las fiestas pequeñas y le encanta conocer a gente, así como todo lo que sea escandaloso o esté prohibido.

–¿Y dónde están tus padres?

El rostro de Malachi no se alteró, pero sus ojos brillaron con más intensidad.

–En una de las habitaciones privadas celebrando su fiesta particular.

Alguien chocó contra algo detrás de ella y un hombre con un tocado con plumas, perdió el equilibrio y su copa se estrelló contra el suelo.

Malachi reaccionó con rapidez. Tiró de ella para situarla a su espalda y ayudó al hombre a levantarse.

–Salga a tomar el aire –le dijo y después se volvió hacia ella–. Vamos a buscar a Henry y Serena.

Los encontraron enseguida. Al final de un pasillo, cuatro hombres corpulentos de traje oscuro impedían el paso a una puerta en la que se leía «Privado». Fuera lo que fuese lo que estaba sucediendo detrás de ella, era mucho más silencioso y civilizado que en la fiesta principal, pensó Addie aliviada. Pero, cuando la puerta se abrió, el corazón le dio un vuelco. La habitación estaba débilmente iluminada y había mucha menos gente, pero la mayoría estaba medio desnuda y algunos estaban... íntimamente unidos.

Apenas había tenido tiempo de asimilar lo que veía, cuando una hermosa mujer rubia con un vestido plateado lanzó un grito y se dirigió hacia ellos. A su lado, en precario equilibrio, había un hombre muy guapo con carmín en la cara y en la camisa.

–¿Lo ves, Henry? Te dije que vendría. Cariño, ya sé que nos habías dicho que no nos pusiéramos en contacto contigo, pero yo no me trato con hombrecitos maleducados que me dicen lo que debo hacer.

–Es el director del hotel, Serena –contestó Malachi con cara de pocos amigos–. Hay casi doscientas personas aquí, y el resto de los huéspedes se queja.

–Qué aburridos y mezquinos son al intentar amargarnos la fiesta –Serena se inclinó hacia Malachi y le acarició la solapa de la chaqueta–. No como tú, cariño. No te puedes negar a ir de fiesta, ¿verdad? Además, se te da mucho mejor manejar a esa gente que a Henry o a mí.

Se detuvo bruscamente al fijarse en Addie.

–¡Qué cabello tan bonito! Tuve un perro con el pelo del mismo color. Era mi perro preferido. Malachi, ¿no vas a presentarnos?

Addie tragó saliva. Esos eran los padres de Malachi. Eran guapísimos. Su hijo había heredado los pómulos altos de la madre y los ojos grises y el cabello oscuro del padre.

–Os presento a Addie –dijo él poniéndole la mano en la espalda–. Addie Farrell. Addie, Henry y Serena King.

–Qué nombre tan bonito –murmuró Serena antes de ponerse a dar palmas y hacer una seña a un camarero–. Cuatro *brandy alexander*. Que sean dobles.

Mientras daba sorbos del cóctel, Addie intentó fingir que se divertía, pero estaba en estado de shock. Era consciente del resto de los invitados, que unían sus cuerpos y gemían, y del tenso perfil de Malachi, que la agarraba con tanta fuerza de la mano que se le había dormido.

No había amor ni ternura en aquella habitación, solo avidez, narcisismo y lujuria. Se le encogió el corazón al pensar en lo que habría sido criarse rodeado de personas semejantes. Si eso era lo que Malachi entendía por intimidad, no era de extrañar que tuviera que esforzarse tanto en comprender qué era lo que ella entendía.

Malachi trató de relajarse. Apenas notaba lo que hacían lo invitados; lo había visto muchas veces. Normalmente, en las fiestas de sus padres, buscaba un lugar dentro de sí al que retirarse. Pero con Addie a su lado, no le quedaba más remedio que estar alerta, y era como si lo estuviera viendo todo a través de sus ojos, cada sórdido detalle magnificado, y se ponía enfermo.

Al desviar la mirada del rostro de Addie a sus manos, vio que con una agarraba con fuerza la copa; con la otra, su mano. Y experimentó la misma repugnancia que ella. De mala gana, le soltó la mano.

—Tengo que ir a hablar un momento con Henry y Serena.

—¿Quieres que te acompañe?

—No, vuelvo enseguida. Quédate aquí.

Se dirigió hacia la *chaise longue* donde estaban sus padres. Su madre le sonrió burlona.

—¡Malachi! Henry yo hablábamos de ti —Serena lo agarró de la mano y lo obligó a sentarse a su lado mientras su padre se levantaba con movimientos inseguros.

–Cariño, nos encanta tu pelirroja.

–Se llama Addie.

–Has sido muy listo al encontrarla. Henry está loco por ella. Y tú te pareces tanto a tu padre...

A Malachi se le aceleró el pulso.

–Está conmigo, Serena.

–Claro, claro, pero solo es un poco de diversión.

Él la miró sobresaltado.

–No es divertido, es repugnante.

Su madre negó con la cabeza.

–Vaya, a ver si ahora vas a tener una rabieta –le sonrió con frialdad–. Después de todo lo que hemos hecho por ti. Qué aburrido eres. Pero no esperes que haga yo el trabajo sucio. Tendrás que decírselo tú a Henry, si no es ya tarde.

A Malachi, el corazón le dio un vuelco. Al otro lado de la habitación, su padre sonreía a Addie con ojos depredadores. Se levantó de un salto y cruzó la estancia.

–A Serena le gustan las bebidas muy fuertes –oyó que su padre decía a Addie en tono confiado–. ¿Por qué no vienes conmigo por un refresco? O tal vez quieras tumbarte un rato... –se interrumpió bruscamente y se le desencajó la mandíbula cuando Malachi se plantó frente a él con el rostro rojo de ira.

–El único que se va a tumbar vas a ser tú, Henry. ¡En la cama de un hospital! –dijo con voz gélida–. ¿Qué demonios estás haciendo?

Malachi respiraba con dificultad. Addie lo miraba paralizada, pero él no era capaz de mirarla. La tomó de la mano, la colocó detrás de él para protegerla y se encaró con su padre.

–No puedes contenerte, ¿verdad? –negó con la cabeza. La ira y el dolor lo ahogaban–. Pero has ido demasiado lejos. Esto no es un juego estúpido –retrocedió un paso–. Nos vamos. Tenéis hasta las tres de mañana para marcharos. Y no esperes que sea yo quien pague. Esta vez, te toca a ti.

Se dio la vuelta, atrajo a Addie hacia sí y le pasó el brazo por la cintura.

–Y no intentéis poneros en contacto conmigo porque, desde este momento, no quiero volver a saber nada de vosotros.

Más tarde, Addie se preguntaría cómo llegaron al aeropuerto. No recordaba haber salido del hotel ni haberse montado en la limusina ni en el avión. Su cerebro no había registrado nada salvo la cólera de Malachi. No creía haber visto a nadie tan furioso.

Al mirar al otro lado del salón del avión, donde se hallaba sentado, sintió un nudo en el estómago. No entendía lo que había sucedido en la fiesta. Lo único que sabía era que, desde que se habían subido a la limusina, él no había querido hablarle ni estar con ella.

Recostado en un sofá, con una baraja en la mano, Malachi se sentía exhausto. Había ido al hotel para evitar que el director llamara a la policía y debiera de haberse marchado después de hablar con él. Pero había oído la música y las risas y se había convertido en un sabueso siguiendo una presa. Solo al ver a Addie en medio de aquel libertinaje se había dado cuenta de su error. La sorpresa y el horror que expresaba su rostro lo habían abofeteado. Era cierto que los invitados estaban allí por voluntad propia, pero era repulsivo. Y, después, Henry había intentado...

¿Cómo podía haberlo hecho? Era evidente que Addie estaba con él. No debiera haber sido necesario que se lo dijera a sus padres. Y, cuando lo había hecho, eso los había incitado aún más.

Pero ellos le daban igual. Al recordar la expresión de Addie cuando Henry le había tendido la mano, sintió náuseas. Podía haber pasado cualquier cosa, y él no estaba allí. Al imaginar el miedo y la confusión de Addie, le hervía la sangre.

Ella se levantó. Estaba cansada, más que cansada. Se sentía herida por todo lo que había pasado y sin fuerzas para luchar por aquello de lo que Malachi ni siquiera quería hablar. Pero no iba a dejarlo solo.

–¿Adónde vas?

Ella se detuvo y lo miró insegura.

–Voy por un vaso de agua. ¿Quieres tú también o prefieres algo más fuerte?

–Algo más fuerte –Malachi hizo una mueca–. Para ahogar mis penas.

–Puede ser, pero también podríamos hablar.

Él negó con la cabeza.

–Crees que hablar va a cambiar algo –soltó una carcajada que no sonó como tal, pues en ella había miedo, ira y dolor. Pero cinco semanas en el hospital habían enseñado a Addie a enfrentarse al miedo, a no ceder a la ira y a superar el dolor.

–Sí, claro que lo creo, pero no quieres. Prefieres estar ahí sentado regodeándote en...

–No sabes nada de mi vida –observó él con desdén.

Ella apretó los dientes y lo fulminó con la mirada.

–Sé algunas cosas, como que te lanzaste a un tanque con tiburones para ganar una apuesta, que comes manzanas en la bañera y que juegas a las cartas cuando estás tenso o enfadado.

Él la miró en silencio y ella pensó que era un caso perdido. Se volvió para marcharse.

–Addie –dijo él agarrándola de la muñeca con dedos temblorosos–. Por favor, no te vayas.

–¿Para qué voy a quedarme?

Él respiró hondo.

–Dijiste que estarías ahí para ayudarme.

Ella no contestó y, al cabo de unos segundos que a él le parecieron interminables, se sentó en el sofá.

–¿A qué te gustaría jugar? –preguntó él.

Ella negó con la cabeza.

–No creo que pueda jugar. Tengo la impresión de que el cerebro no me funciona.

Él asintió medio sonriendo.

–Mis padres causan ese efecto en los demás –lanzó un suspiro y dejó de sonreír. Ella esperó.

Al final, él vaciló antes de agarrarle la mano.

–Me resulta difícil.

–¿El qué?

–Haber decidido no ser como ellos –se pasó la mano por el rostro–. Durante años, no tuve más remedio que acudir a sus fiestas, ya que me llevaban con ellos. No entendían por qué no iban a hacer lo que quisieran por el hecho de que yo estuviera presente. Y si yo me ponía difícil, me dejaban y se marchaban.

–¿Dónde te dejaban?

Él se encogió de hombros.

–Con sus amigos. Por «amigos» me refiero a las personas que no sabían negarse a lo que les pedían. Y no sé qué era peor: preocuparme de que no volvieran o saber que lo harían.

Ella lo miró y sintió el dolor y el miedo del niño abandonado por sus padres y el terror de que volvieran.

–¿Por qué no contrataron a una niñera?

–Lo hicieron, pero nunca estaban en el mismo sitio más de dos semanas. Según fui creciendo –dijo mirándola a los ojos– se me fue dando mejor enfrentarme a la situación.

Ella tragó saliva.

–¿Por eso fuiste a Miami?

Él desvió la vista.

–Sí. Normalmente saben salir, gracias a su encanto, de la mayoría de los problemas que crean. Pero, a veces, como anoche, cuando van demasiado lejos y alguien amenaza con llamar a la policía, tengo que intervenir –sonrió sin ganas y se encogió de hombros–. Es muy molesto, pero es más fácil y rápido que yo lo resuelva.

–¿Y por qué te has marchado esta noche?

Él volvió a mirarla y a ella le conmovió la tristeza que vio en sus ojos.

–Estoy harto de sus juegos. No quiero seguir jugando.

Se quedó callado.

Addie no dijo nada. ¿Cómo se podía sobrevivir a tanto daño? Era casi peor de lo que le había sucedido a ella. Lo suyo había sido un accidente; lo de él, una situación deliberada y mantenida en el tiempo. Sin embargo, el resultado había sido el mismo: una vida destrozada y un alma herida. Y ella sabía perfectamente lo que se necesitaba para curar esa herida: aceptación, esperanza y paciencia.

Y amor.

Se le llenaron los ojos de lágrimas y los cerró rápidamente para evitar que se vertieran, para ocultarse a sí misma la verdad. Pero no pudo. La verdad era que lo seguía queriendo mucho.

Y había llegado el momento de aceptarlo.

Abrió los ojos. No era el momento de decírselo. Tenía que cumplir la promesa de ayudarlo. Sin pensarlo, lo abrazó. Él, tras unos segundos de vacilación, la abrazó a su vez. Estuvieron abrazados en silencio hasta que Addie se separó de él.

–Anda, vamos a acostarnos.

Él se levantó y miró por la ventanilla.

–Lo siento, cariño, pero no creo que podamos dormir mucho. Aterrizaremos en menos de una hora.

Ella sonrió.

–¿Quién ha hablado de dormir?

Malachi la miró a los ojos durante unos segundos y ella le mantuvo la mirada, hipnotizada por el deseo que veía en sus ojos. Después, él la tomó en brazos y se dirigió a las escaleras.

Capítulo 9

ERA por la tarde en Caracas. Addie miraba la ciudad desde el balcón de la suite de Malachi y se bajó las hombreras del camisón para que le diera el sol.

Dos manos la agarraron por la cintura.

–Buenas tardes, dormilona.

Se le aceleró el pulso cuando Malachi la besó en el hombro y siguió por la garganta.

–Dormías tan profundamente que creí que tendría que despertarte con un beso –murmuró él.

Le metió las manos debajo del camisón y comenzó a acariciarle el vientre para después subir a los senos y acariciarle los pezones hasta que ella tembló de deseo.

Incapaz de contenerse, gimió suavemente.

–Me has hecho esto antes –dijo con voz ronca–. Por eso estoy tan cansada.

–En ese caso, creo que lo mejor será que te acuestes –afirmó él y la llevó de vuelta a la cama.

Más tarde, se quedó tumbada a su lado mientras él devoraba la comida que les habían subido. Cuando se llevó el último trocito a la boca, ella sonrió con malicia y aplaudió.

Malachi se tomó el café y sonrió.

–Tenía hambre. Y querrás que conserve las fuerzas, ¿no?

Al recordar la forma enfebrecida en que habían

hecho el amor, ella sintió una punzada de deseo. Claro que quería.

—Esta noche seré menos exigente. ¿No tienes que prepararte?

Ella lo observó vestirse desde la cama. Aún no se había abotonado la camisa gris y miró con deseo su estómago liso. Incluso a medio vestir, y con el cabello aún húmedo de la ducha, había en él una capacidad de seducción que lo diferenciaba de todo el mundo.

Al volver a pensar en la fiesta de sus padres, sintió la necesidad de protegerlo. No era de extrañar que Malachi hubiera decidido estar solo ni que le resultara difícil dejar que otras personas intimaran con él. Pero estaba cambiando. Se había abierto a ella la noche anterior. Y aunque no le hubiera contado toda la historia de su vida, le había dicho lo suficiente para que ella comprendiera por qué era como era. Y había sido la primera vez que había dado a entender que la necesitaba. Y junto con la necesidad iba el amor.

Ansiaba decirle que lo amaba, pero sabía que era demasiado pronto. Ella misma acababa de aceptar lo que sentía. Sería un desastre soltárselo de buenas a primeras. Debía seguir sus propios consejos y ser paciente. Pero nada le impedía demostrarle que se preocupaba por él.

Se sentó en la cama tapándose los senos con la sábana.

—¿Cómo te sientes?

Él se apartó del armario y se volvió hacia ella con el ceño fruncido.

—Bien, un poco cansado —respondió sonriendo.

Ella le devolvió la sonrisa.

—Me refería a cómo te sientes con respecto a anoche.

Él seguía sonriendo, pero de manera forzada. Al cabo de unos segundos se encogió de hombros.

–Bien también.

Malachi se volvió hacia el armario y ella contempló su espalda, perpleja. ¿Eso era todo? La noche anterior parecía desesperado y atormentado. Pero era evidente que, para él, la conversación había terminado.

–¿Cuál prefieres? –le mostró dos corbatas–. ¿O no te gusta ninguna?

–¿Para qué son?

–Para una reunión con el alcalde y los concejales.

–La azul.

–A mí me gusta la roja.

–Pues ponte la roja –Addie se estiró y le sonrió con inocencia–. Si no te importa parecer un gigoló –soltó una carcajada mientras él la agarraba de la pierna, tiraba de ella hacia él y le sujetaba los brazos por encima de la cabeza.

–Tal vez tengas razón en lo de la corbata. De hecho, creo que te sentará mejor a ti.

Ella le leyó la intención en los ojos.

–No, Malachi, eso no.

–Claro que sí –y su mirada de deseo le hubiera arrancado la ropa si no estuviera ya desnuda.

Con lentitud deliberada le ligó las muñecas con la corbata y la ató al cabecero de la cama. Addie se retorció para liberarse, pero solo consiguió apretar más las ligaduras.

–¿Ves? –comentó él soltándole las muñecas–. Ya te dije que te quedaría mejor a ti.

Le lanzó una apasionada mirada y ella notó cómo el deseo se le extendía por la piel.

–No puedes dejarme aquí atada, Malachi. ¿Qué pasará cuando vengan a hacer la habitación?

–Voy a decir que lo dejen para mañana –afirmó él sonriendo.

–¡Desátame!

–¿Qué me das a cambio?

–Lo que debiera preocuparte es lo que te voy a dar si no lo haces. ¡Desátame! –lo miró debatiéndose entre el deseo de echarse a reír y el de ponerle un ojo morado.

–Creo que no estás en condiciones de amenazarme, cariño –suspiró–. Sin embargo, por suerte para ti, la vida me ha enseñado que existe una norma sagrada en los hoteles: no hagas nada que pueda molestar al personal de limpieza –tiró del nudo y la soltó.

Ella le dio un leve puñetazo.

–Entonces, que me hayas soltado no tiene nada que ver con mi poder de persuasión, ¿no?

–He de reconocer que eres muy persuasiva, cariño, pero... –hizo una mueca y la cubrió con la sábana–. Tengo que ir a esa reunión –al ver la expresión de ella negó con la cabeza–. No me mires así. Me encantaría no tener que hacerlo.

La acarició los senos y el vientre por encima de la sábana y ella sintió un hormigueo en la piel.

–Más tarde, podrás saber qué se siente. Incluso te dejaré elegir la corbata.

Después de que él se hubiera marchado, Addie pasó dos horas en el spa. Malachi le había dejado un mensaje en el que le decía que una estilista subiría a la habitación. Llegó puntual con ropa, zapatos y joyas que venían acompañadas de un guardaespaldas armado.

Fue agotador, pero muy divertido. Después de haber elegido lo que iba a ponerse, lo único que le quedaba por hacer era arreglarse.

Después de aplicarse una base de maquillaje en el rostro, se miró al espejo.

Era una suerte que la gente solo viera el exterior de

los demás. Y eso que estaba mucho menos nerviosa por tener que conocer a los invitados de Malachi de lo que lo había estado al ir a conocer a sus padres.

Se aplicó rímel, parpadeó y se lo volvió a aplicar.

Pero ponerse nerviosa tenía sus ventajas: no le permitía pensar con claridad, al menos sobre lo que todos dirían de ella esa noche. Había sido distinto en la fiesta en que los invitados llevaban máscara. Pero esa noche habría periodistas y fotógrafos, y Malachi intentaría conseguir toda la publicidad posible para la apertura de su primer casino en Latinoamérica.

¿Qué significaba eso para ella? Sabía lo que deseaba que significara. Quería olvidar el pasado, olvidar aquel acuerdo estúpido y volver a ser su esposa.

En ese momento llegó la peluquera, por lo que Addie desechó los pensamientos que la inquietaban.

Una hora después, la peluquera retrocedió unos pasos y sonrió.

—Está muy guapa, señorita Farrell.

Addie se miró al espejo complacida.

—Gracias —dijo sonriendo a su vez.

—Creo que el señor King estará contento.

Addie volvió a mirarse al espejo. Eso esperaba. Pronto lo sabría.

Malachi echó un vistazo alrededor de la sala de juego del casino con satisfacción. El edificio estaba en ruinas cuando lo descubrió. Era un teatro de ópera que había sido abandonado después de que un incendio dañara la mayor parte del escenario. Solo él se había percatado de su potencial, pero no como teatro de ópera, pues ya había uno en la capital de Venezuela, sino como casino.

Se habían tardado seis meses solo en conseguir

que el edificio fuera seguro para poder entrar a trabajar en él; un año en reconstruir el interior con criterios modernos de higiene y seguridad; otros cinco meses en recrear la bóveda dorada del techo y montar la sala de juego.

Malachi tenía las ideas claras al respecto. No quería nada moderno, sino una decoración al viejo estilo. Y pensó que había merecido la pena.

Sin embargo, había algo que no encajaba, un detalle que se le había pasado por alto y que no conseguía descubrir.

Sus dudas desaparecieron cuando entró un grupo más de autoridades y celebridades locales para felicitarlo. Veinte minutos después, volvió a mirar a su alrededor por si algo no funcionaba. Pero todo estaba en su sitio.

Alzó la vista a uno de los palcos que había decidido conservar durante la restauración y ante sus ojos pasó rápidamente una cabeza pelirroja y una larga pierna.

Addie estaba allí.

Le sorprendió lo contento que se puso y, después, se quedó perplejo al darse cuenta de que era ella lo que faltaba. Su júbilo se evaporó cuando la mujer se volvió a saludar a un amigo. No era Addie. Ni siquiera era pelirroja. Debía de estar alucinando y viendo lo que quería ver.

¿Tantas ganas tenía de verla?

Miró la sala entrecerrando los ojos. Había muchas mujeres hermosas. ¿Por qué se obsesionaba con Addie cuando podía elegir a la que quisiera?

Porque no quería estar con cualquier mujer, solo con Addie.

En realidad, era inevitable. Habían pasado juntos tanto tiempo que se había acostumbrado a tenerla a su lado. Y estaba allí por un motivo específico: para destacar, para que la vieran a su lado. Juntos, formarían la pareja más deslumbrante y deseada de la sala.

Pero ¿dónde demonios estaba?

Entonces la vio. Y esa vez no había error posible.

Estaba al principio de la escalera que llevaba a la principal sala de juego, flanqueada por los dos guardaespaldas que le había asignado para protegerla. Estaba preciosa, más que preciosa, pensó deslumbrado: parecía una diosa. Llevaba zapatos negros de tacón y un vestido corto y de manga larga, de color rojo, que se adhería a sus curvas como un guante.

Cuando ella miró la abarrotada sala, él percibió su vacilación y la incertidumbre de su mirada. Antes de darse cuenta, atravesó la sala a grandes zancadas y subió la escalera.

Addie lo vio justo cuando llegaba a su lado. Sus pendientes de diamantes y rubíes captaron la luz cuando se volvió a saludarlo.

Malachi la miró con el corazón en la boca. De cerca, estaba aún más deslumbrante. De repente, no pudo soportarlo más: tenía que tocarla.

La tomó de la mano y la atrajo lentamente hacia sí.

—Estás muy guapa, cariño. Creo que deberías quedarte con ellos —le tocó los pendientes—. Y el vestido te sienta divinamente.

—Gracias —contestó ella sonriendo. La vacilación había desaparecido—. No estaba segura de que me fuera a estar bien por lo corto que es, pero creo que llevar los brazos cubiertos sirve de contrapeso.

El asintió sin tener ni idea de lo que decía. El mero hecho de mirarla lo desequilibraba.

—Estoy de acuerdo, o lo estaría si supiera de qué hablas.

Ella le pellizcó la mano.

–Para vestirse hay normas.

–¿Tiene eso algo que ver con la corbata? –preguntó él con los ojos brillantes

–¡Malachi! –ella se dio la vuelta, nerviosa, y él se sobresaltó y se quedó sin respiración.

La espalda al descubierto que le dejaba el vestido contravenía todas las normas, fueran cuales fuesen, de las que ella había hablado. Le recorrió la columna vertebral con la mirada y el deseo que experimentó le impidió seguir pensando.

Desvió la vista de ella para intentar ordenar el caos de su cuerpo y su mente e hizo una seña a un camarero.

–Toma –recuperado el control, le tendió una copa de champán–. Vamos. Hay algunas personas a las que quiero que conozcas.

El resto de la velada fue una mezcla borrosa de gente y nombres. A Addie le pareció que flotaba. A su lado, un guardaespaldas levantaba el brazo a modo de protección mientras los invitados pasaban. Lo miró aturdida.

¿Cuándo se había convertido en alguien que necesitara un guardaespaldas?

Se mareó al pensarlo. Pero ya lo estaba. Se sentía tan nerviosa que apenas se había fijado en la maravillosa decoración del techo. En realidad, no se había fijando en nada, salvo en las miradas de soslayo que les lanzaban a Malachi y a ella mientras recorrían la sala, con la mano de él en la espalda.

–Nos mira todo el mundo –susurró.

–No, te miran a ti –susurró él a su vez.

Pero no era ella, sino Malachi, el objeto de su curiosidad. Él era el motivo de que las conversaciones se apagaran, los camareros se desplazaran más deprisa y las mujeres... Todas las mujeres eran de su club de fans, a juzgar por las expresiones furtivas de deseo de sus rostros.

Era de esperar. Él era increíblemente guapo, todavía más yendo de esmoquin. Además, era su noche, y su nombre estaba en boca de todos.

Y ella era la que iba de su brazo. Su esposa.

Aunque Malachi no se lo había dicho a nadie. El corazón comenzó a martillearle en el pecho. ¿Quién era ella esa noche? ¿Pensaban todos lo mismo?

Malachi se esforzó en pensar con claridad. Normalmente, en una noche como aquella, habría actuado con el piloto automático puesto, sonriendo y charlando. Pero esa noche no se concentraba al tener a Addie tan cerca. La piel desnuda de su espalda era suave y tentadora. Tenía ganas de quitarle el vestido y verla totalmente desnuda.

Era tan hermosa, tan deseable... Las mujeres de la sala querían ser ella y los hombres la deseaban. Pero era su esposa.

Su esposa.

Entonces, ¿por qué no lo proclamaba a los cuatro vientos?

Dondequiera que mirara había parejas, hombres y mujeres agarrados de la mano, mirándose emocionados y compartiendo su felicidad. De pronto sintió la boca seca. Quería acariciar a Addie y abrazarla. Sin embargo, en el fondo sabía que no tenían futuro. El sexo, por perfecto que fuera, no bastaba para que un matrimonio fuera feliz. Lo sabía mejor que nadie.

Se hallaban al lado de la mesa de la ruleta. Edgar, el director del casino, hablaba con el joven crupier.

Malachi les hizo un gesto de asentimiento con la cabeza.

–¿Se apuesta mucho?

–Sí, mucho – contestó el crupier–. A las mujeres les gusta mucho la ruleta.

Edgar carraspeó.

–¿Quiere jugar, señor King? O tal vez... –el director sonrió cortésmente a Addie.

Malachi la miró y notó lo tensa que estaba. Sabía que ese momento llegaría, el momento en que debería presentar formalmente a Addie y sabía que ella esperaba su respuesta. Sintió una presión en el pecho. Era su esposa, pero no creía en los finales felices.

La miró a los ojos.

–Addie, te presento a Edgar Baptista, el director del casino. Edgar, la señorita Addie Farrell.

Addie miró a Malachi en silencio. «La señorita Farrell», no «la señora King» ni «mi esposa».

–Quieren que hagas girar la ruleta.

Ella, decepcionada y sintiéndose muy desgraciada, lo miró sin comprender. Él le indicó la ruleta.

–Es una tradición. Trae buena suerte a la banca.

–Me sorprende que tú creas en la suerte –contestó ella disimulando su dolor.

–En el casino tenemos un dicho, cariño: la suerte es para los perdedores. Pero me parece una grosería señalarlo en este momento –y esbozó una de sus irresistibles sonrisas, que a ella le aceleró el pulso.

–Sin embargo, todo el mundo necesita algo de suerte en la vida, ¿no crees? Para cuando las cosas se vuelven en su contra.

Claro que las cosas nunca se volvían en contra de Malachi, ya que era él quien dictaba las normas.

Cuando salieron del casino, las escaleras estaban llenas de fotógrafos que llamaban a Malachi y a los que él respondía con su habitual sangre fría.

–¿Qué quieren? –susurró ella.

–Saber quién eres.

–¿Qué les has dicho?

–Les he dicho que no les voy a hacer el trabajo.

Era un buena respuesta, plausible y traviesa. Y evasiva.

Los fotógrafos seguían gritando.

–¿Qué quieren ahora? –preguntó ella mientras él le pasaba el brazo por la cintura.

–Una foto –contestó él sonriendo.

–¿No tienen ya bastantes?

–Quieren una especial –la apretó contra sí y la besó.

Se produjo una explosión de flashes alrededor de ellos mientras los fotógrafos rugían. Todo fue cuestión de segundos.

Él alzó la cabeza y volvió a sonreír.

–Ya está. Y todos contentos.

Salvo ella, que se sentía inquieta como un guerrero antes de la batalla.

A Addie, la suite le pareció extrañamente silenciosa y tranquila después del ruido del casino.

Malachi se aflojó la pajarita mientras caminaba a su alrededor, contemplándola apreciativamente hasta que se detuvo detrás de ella y comenzó a acariciarle la nuca.

–¿Te has divertido?

Addie asintió. Le hormigueaba la piel y se apoyó en él.

–Ha sido divertido. Siento que haya terminado.

El pulso se le aceleró cuando sintió los labios de él en el cuello. Experimentó unas ganas locas de que la besara como era debido.

–No te preocupes –murmuró él echando la cabeza

de ella hacia atrás para besarla en la boca–. La diversión acaba de comenzar.

Malachi recorrió lentamente la azotea y se sentó en un banco a contemplar la luna. Estaba hecho un lío. La noche había sido perfecta. Todo había funcionado en el casino como un reloj. Las autoridades y personas importantes se habían marchado contentas. Todo había salido según lo previsto.

Y Addie había desempeñado su papel a la perfección. Era la mujer más hermosa de la sala. Todas las miradas la habían seguido y tenerla a su lado, llevarla del brazo, lo había hecho sentirse bien.

Malachi hizo una mueca. Ese era el problema. No quería sentirse bien, del mismo modo que no había querido perder el control al verla con su padre.

La realidad era que no quería sentir nada en absoluto.

Prefería meterse en un tanque con tiburones. Era menos peligroso y doloroso.

Pero la cuestión era que estaba solo, como siempre. Y nada ni nadie podía cambiar ese hecho; desde luego, no una mujer que había intercambiado sexo por dinero.

–Malachi... –Addie se le acercó. A la luz de la luna, su expresión era incierta–. ¿Todo bien?

–Por supuesto. Quería tomar el aire para que se me despejara la cabeza –Malachi frunció el ceño–. Estás vestida.

Llevaba unos vaqueros y una camisa y estaba sofocada.

–No te encontraba. Creí que estarías abajo, pero me acordé del jardín de la azotea, así que he venido aquí primero.

—Estoy bien —dijo él sonriendo—. Solo algo cansado. Ha sido una gran noche, en la que muchas cosas
tenían que salir bien.

—Has hecho un buen trabajo —Addie sonrió—. Es
una pena que no puedas recompensarte a ti mismo.

Él la agarró por la cintura y la atrajo hacia sí.

—Lo he hecho antes.

—¿Eso es lo que soy? —preguntó ella mirándolo a
los ojos—. ¿Una recompensa?

Malachi sintió pánico. ¿Qué había hecho? Durante
muchos años no había contado nada de sus padres ni
de su infancia. Pero Addie había vuelto a su vida, con
sus preguntas, su preocupación y sus ojos azules, y
todas las barreras que había levantado entre el mundo
y él mismo habían caído. Y ahí estaban las consecuencias: que ella supusiera que tenía derecho a interro-
garlo y a esperar respuestas.

Aquello tenía que acabar.

—Me gusta más pensar que eres una baza. Lo que
me recuerda que me voy a Río de Janeiro mañana a
ver un casino. Tal vez quieras venir conmigo. Es una
bonita ciudad. Podríamos ir a Buenos Aires y a San-
tiago; incluso a Acapulco.

Addie lo miró con recelo intentado contener el
caos y la confusión que experimentaba. Pasaba algo
que no entendía. La estaba invitando a marcharse con
él, pero su actitud era distante. Parecía que no le importaba.

Habían sido dos días muy duros. La fiesta de sus
padres había sido horrible. Sin embargo, Addie enten-
dió, por primera vez, por qué Malachi era el hombre
que era. Y después, él la había necesitado, pero no
para tener sexo con ella, sino para que lo apoyara y
consolara. Y a Addie le había parecido que se había
establecido una intimidad entre ellos.

Pero solo había sido una ilusión, una broma de los sentidos, ya que no la había reconocido como su esposa en toda la noche. Y ahora la invitaba a ir a Río con ella, y ni siquiera como su amante, sino como una «baza».

No podía olvidar esa conversación ni hacer como si no hubiera existido, sobre todo después de todo lo que había pasado.

—Me encantaría ir a esos sitios, pero ¿cómo encajaría en nuestro acuerdo?

Malachi la miró en silencio.

¡El trato! Sintió ira y frustración. Observó la tensión del rostro de ella, las dudas y la inquietud, y supo lo que quería que dijera. Pero no lo diría. No podía.

Sintió una opresión en el pecho. Sabía que era duro y cruel y el daño que iba a hacerle. Pero no podía darle lo que quería.

La miró a los ojos sonriendo con frialdad.

—No sé si he entendido la pregunta, cariño. Nada ha cambiado, salvo el sitio en que estamos.

—Me da igual el sitio.

—Entonces, ¿se trata del dinero?

Fue como si la hubiera abofeteado.

—¡No no se trata del dinero! —protestó ella—. Se trata de nosotros.

—¿De nosotros? —repitió él en voz baja.

—Sí, de nosotros. De ti y de mí. ¿Qué significa eso de irnos a recorrer Sudamérica? —lo miró desafiante, pero el captó el temblor de su voz.

—Lo que digo es que vayamos a Río y ya veremos. Cada cosa a su tiempo.

La expresión de ella se ablandó.

—Entonces, ¿quieres que volvamos a intentarlo como es debido?

La esperanza que había sus ojos lo dejó sin respiración y durante unos segundos creyó que la relación podría funcionar, que podría necesitarla, quererla y preocuparse por ella como ella por él.

Pero la esperanza se evaporó lentamente y desvió la vista para fijarla en la escalera que llevaba a la suite y a la posibilidad de huir. No podía querer ni necesitar a otra persona. Lo había intentado durante muchos años con sus padres, sin resultado alguno.

Pero no hacía falta que le explicara a Addie el miedo, el dolor, la ira y el sentimiento de culpa que experimentaba. Volvió a mirarla.

—No recuerdo haber dicho nada parecido.

Addie los miró sin comprender.

—Acabas de decir que cada cosa a su tiempo.

—Me refería a que siguiéramos igual que estábamos día a día, o semana a semana. No será en los mismos términos económicos, evidentemente, pero no me importará darte un sobresueldo.

Ella sintió náuseas y comenzó a respirar con dificultad. Antes, en aquella hermosa sala de juego del casino, había comenzado a creer en ellos, en su futuro. Pero ese futuro había terminado antes de empezar.

—¿Semana a semana? —repitió. Se le cayó el alma a los pies. ¿Le estaba ofreciendo que siguiera siendo su amante por semanas?

—Si lo prefieres —él se encogió de hombros—. Ya veremos cómo funciona.

Ella asintió mecánicamente, incapaz de hablar. Después, se dio cuenta de que él la seguía agarrando de la cintura. Tomó aire y le apartó las manos.

—Eres un canalla —dijo muy despacio—. ¿Qué te pasa? ¿Cómo te atreves a proponerme eso? ¿Qué sea tu amante por horas como si fuera una camarera? —se le revolvió el estómago.

–No te comportes de modo irracional. Te ofrezco simplemente el mismo trato que teníamos con condiciones ligeramente distintas. Si el dinero es el problema...

–¡Vete al infierno! –exclamó ella apretando los puños–. No me lo puedo creer –susurró–. Creí que podíamos volver a intentarlo, que podíamos conceder a nuestro matrimonio una segunda oportunidad. Debo de haber perdido el juicio.

–Si crees que iba a renovar los votos a una mujer que se ha acostado conmigo por dinero, estoy de acuerdo –observó él con frialdad.

Ella le dio una bofetada.

Durante unos momentos, solo se oyó el ruido distante del tráfico y la agitada respiración de ella.

Tenía los ojos muy abiertos y estaba aturdida, como si hubiera sido él quien la hubiera abofeteado.

–No puedo seguir con esto. Sé que es difícil quererte. Lo hice y estuvo a punto de destruirme. Quería seguir luchando por nosotros, pero no puedo. Tengo que pensar en mí y tú nunca me darás lo que deseo. ¿Cómo ibas a hacerlo? No puedes dármelo porque careces de ello, Malachi.

Él dio un paso hacia ella y la miró a los ojos.

–Cálmate.

Ella lo miró. Le temblaba todo el cuerpo.

–No, me voy.

Dio media vuelta y echó a correr hacia la escalera.

–Tenemos un trato, Addie –dijo él con voz glacial.

Con un pie en el primer escalón, ella se volvió.

–Pues demándame. Y, de paso, pide el divorcio.

Dicho esto, bajó corriendo la escalera.

Capítulo 10

ADDIE entró en la suite como una exhalación. Lágrimas de rabia e incredulidad le quemaban la garganta y apenas sabía lo que hacía, pero quería alejarse tanto como le fuera posible del hombre que le había partido el corazón por segunda vez.

Aunque eso implicara no volver a verlo.

Se sentía tan desgraciada que tuvo que taparse la boca para no llorar a gritos. Durante unos segundos pensó a volver a subir para decirle que había cambiado de idea.

Pero si se quedaba, si aceptaba la oferta, ¿qué creía que pasaría?

Sin duda no creería que, un buen día, Malachi se iba a levantar milagrosamente enamorado de ella. Si el amor significaba sinceridad, confianza y compartir algo más que los cuerpos, él no sabía cómo amar. Haberlo visto con sus padres y sentido su dolor y confusión después de la fiesta le había parecido un momento clave en la relación, como si las cosas fueran a ser distintas entre ellos. Pero no podían serlo. En aquel momento se dio cuenta de que Malachi estaba demasiado herido y aislado para amarla como ella quería que la amase.

Su insultante propuesta de renovar el acuerdo lo demostraba sin lugar a dudas.

Enfrentarse a los hechos, aunque no fuera agradable, le dejó claras las opciones que tenía. Había cometido un error estúpido y humillante al acceder a aquel acuerdo estúpido y humillante. Pero al menos solo había intercambiado sexo por dinero. Quedarse sería todavía un error mayor, porque vendería el respeto por sí misma por un puñado de sueños sin valor.

No iba a entregar el corazón a alguien que creía que el papel de una mujer era estar guapa y seductora y proporcionarle sexo. Y tampoco iba a verter más lágrimas.

Vio el bolso y lo agarró. Contenía todo lo que necesitaba: el pasaporte y dinero. No quería nada más, ni siquiera su ropa, que no podría volver a ponerse porque la insultante propuesta de Malachi la había ensuciado.

Se montó en el ascensor, pero cuando llegó abajo, parte de su valor se esfumó. ¿Qué iba a hacer? No podía sentarse en la zona de recepción. El hotel no estaba cerca del aeropuerto. Y aunque de día se hubiera atrevido a utilizar el transporte público, no se atrevía a viajar en metro sola de madrugada.

Tendría que hablar con alguien de recepción para que le pidieran un taxi. La joven recepcionista alzó la vista de la pantalla del ordenador y le sonrió. Y en un inglés casi perfecto le dijo:

—Buenos días. Me llamo Carolina. ¿Qué desea?

Addie estaba a punto de contestar cuando la joven dejó de sonreír y se sonrojó.

—Perdone, usted es la señorita Farrell, ¿verdad? Esta con el señor King.

—Sí. ¿Podría pedirme un taxi, por favor, para que me lleve al aeropuerto?

—Lo siento, pero en este hotel no se utilizan taxis, ya que la mayoría de los huéspedes usan su propio transporte.

Addie sintió que el corazón le comenzaba a latir desbocado. Al igual que Malachi, los huéspedes tendrían un coche con chófer que los llevara donde quisieran. Se estremeció. No estaba dispuesta a volver arriba a pedirle algo a aquel monstruo.

–Pero tenemos un servicio de limusinas al aeropuerto que es cortesía del hotel. ¿Quiere el servicio?

–Sí, por favor, lo antes posible.

No le preocupaba que Malachi intentara detenerla. Ni siquiera la había seguido cuando se fue de su propia boda hecha una furia, y él detestaba las escenas. Pero estaba muy cansada y comenzaba a perder el control de sí misma.

–Señorita Farrell, la limusina la espera fuera. El conductor se llama Luis. Buen viaje –la joven le sonrió con timidez–. ¿Va a un sitio bonito?

Addie asintió, incapaz de hablar por la emoción. Sí, se iba a casa.

Todo iría bien. En poco tiempo, Malachi sería un recuerdo lejano y a ella le maravillaría que alguna vez hubiera podido hacerle daño.

En el jardín de la azotea, Malachi miró a su alrededor, enfadado. No se creía lo que acababa de suceder. ¿Qué esperaba Addie de él? De hecho, ¿por qué esperaba algo?

Haberle acusado de aquella manera y haberse marchado hecha una furia era una repetición de lo sucedido el día de su boda.

¿Y decirle que quería el divorcio? Nunca había pensado en divorciarse y no lo habría hecho si ella no se lo hubiera lanzado a la cara.

Seguía pensando en ello cuando sintió vibrarle el móvil en el bolsillo. Lo sacó esperando que fuera Addie. Se le hizo un nudo en el estómago al mirar la pantalla, ya que era un mensaje de su padre.

Estamos en Nueva York, en el Aviation Club. Serena me pide que te diga que vamos a dar una fiesta el sábado. Si te portas bien, serás bienvenido. Si quieres, tráete a esa pelirroja. Te adjunto una propuesta de paz...

Malachi dejó de leer. Había algo más sobre una transferencia monetaria, pero le daba igual. Abrió el archivo adjunto y observó los cuerpos en silencio. Lo cerró bruscamente.

Casi oyó la voz de su padre pidiéndole que llevara a la pelirroja. Se quedó sin respiración al pensar que se lo hubiera pedido. Había intentado dejarle claro a Henry que Addie era terreno vedado. Entonces, ¿por qué...?

Alzó la cabeza y miró la luna, ante cuya belleza tan pura se le encogió el corazón. Sabía por qué, lo había sabido desde que era un niño, pero nunca había querido enfrentarse a la verdad. Pero era muy sencilla.

Para Henry y Serena, el drama y la tensión eran más importantes que el amor. Para ellos, la vida era una serie de espectáculos a la que había que sacrificarlo todo, incluso la felicidad de su hijo. Y cuando las cosas o las personas se volvían complicadas o aburridas, se libraban de ellas y seguían adelante. De pronto, le pareció que el suelo se movía bajo sus pies al recordar el miedo que había tenido de que un día se deshicieran de él.

Temblando, se pasó la mano por el rostro, presa del pánico. Pero cuál no sería su sorpresa al darse cuenta de que el pánico no se lo producía la pérdida de sus padres, sino perder a Addie.

Le dolía el simple hecho de que ella no estuviera allí.

Y le dolía porque la quería.

El corazón le dio un vuelco cuando, por fin, reconoció la verdad.

La amaba.

¿Cómo no se había dado cuenta antes?

Se había pasado la vida entera analizando a los demás: detectando sus debilidades, sus engaños y sus falsas ilusiones. Sin embargo, no se había percatado de que estaba enamorado.

Y lo que era aún peor, había acosado y manipulado a la mujer a la que quería para que fuera su amante y había recurrido a su lealtad hacia la organización benéfica que dirigía para salirse con la suya.

Tenía que explicárselo, pedirle disculpas, decirle lo que sentía, antes de que fuera demasiado tarde.

Echó a correr hacia la escalera.

¿Dónde estaba?

Malachi miró la suite vacía. Se había imaginado que Addie estaría haciendo la maleta. Pero en el dormitorio no había nadie. Con el pulso acelerado, fue a las restantes habitaciones. No estaba en ninguna.

No podía haberse marchado. Abrió el armario del dormitorio y experimentó un inmenso alivio al comprobar que la maleta y la ropa seguían allí. No hubiera dejado todo aquello si fuera a abandonarlo. Al menos se llevaría el bolso.

Miró a su alrededor. El bolso no estaba, ni tampoco Addie. Atravesó la habitación a grandes zancadas y llamó a recepción.

—¿Qué desea, señor King?

—La señorita Farrell...

—Sí, la limusina se acaba de marchar.

Se quedó petrificado.

–¿Que se ha marchado? ¿Cuándo? ¿Adónde ha ido?

–Al aeropuerto. Ha salido hace unos minutos.

Él apenas oyó la respuesta temblorosa de la recepcionista. Se repetía una y otra vez:

«¿Qué he hecho?».

Y lo más importante, ¿qué iba a hacer?

Por la ventanilla de la limusina, Addie observó las luces de un avión desplazándose lentamente por el cielo nocturno hasta acabar desapareciendo en la distancia. Suspiró. Pronto estaría en un avión como ese y aquella desgracia quedaría atrás, en otro país, en otra vida.

Miró el lujoso interior de la limusina. Todo ese lujo también se acabaría pronto, aunque no le importaba. Lo hubiera dado todo por el amor de Malachi, porque su matrimonio funcionara. Lo amaba, pero no era suficiente.

Suspiró de nuevo y cerró los ojos. Con suerte, tomaría un vuelo en las horas siguientes, pero iba a ser una larga noche, y también lo sería el día siguiente. Sin embargo, no iba a pasarlo regodeándose en la autocompasión y el pasado. Desde aquel momento, solo iría hacia delante.

La limusina redujo la velocidad y ella abrió los ojos cuando se detuvo. Frunció el ceño. ¿A qué jugaba el chófer? No estaban en el aeropuerto, sino de vuelta al hotel.

Golpeó enfadada la pantalla que lo separaba de él.

–Perdone, ¿qué hace? ¡Quiero ir al aeropuerto!

El chófer se bajó y le abrió la puerta.

–¿Qué sucede? ¿No me entiende? Tengo que ir al aeropuerto.

El chófer miró impasible hacia delante mientras seguía sosteniendo la puerta. Al darse cuenta de que no iba a conseguir nada, Addie se bajó y entró al hotel hecha una furia. Se dirigió al mostrador de recepción.

–Perdone –dijo sin aliento–. Carolina, ¿verdad? El conductor... Creo que no entiende lo que quiero que haga. Me tenía que llevar al aeropuerto, pero me ha traído de vuelta aquí.

–Lo siento, señorita Farrell, pero ha recibido nuevas instrucciones.

–¿A qué se refiere? Creí que era mi chófer.

–Lo... lo es –tartamudeó la joven–. Pero ha habido cambio de planes.

–No, yo no he cambiado de planes ¿Quién ha sido?

–¡Yo!

Se produjo un silencio. Addie se volvió despacio. En medio del vestíbulo, Malachi la miraba fijamente.

–Pues te sugiero que los vuelvas a cambiar –dijo ella apretando los dientes con furia.

Él negó con la cabeza.

–No voy a hacerlo.

–No es algo que puedas decidir tú –lo miró con rabia–. No tienes poder alguno en este hotel.

–No es verdad. Pago sus salarios.

–¿En serio? ¿Por días o por semanas? –preguntó ella con frialdad.

–Creo que están muy contentos con su contrato.

–Qué suerte. Pero, aunque me parece un tema fascinante, seguro que no me has hecho volver para hablar del contrato de tus empleados. Así que, ¿qué quieres?

–No hemos terminado de hablar.

–Sí, Malachi, solo que no has sido tú el que ha dicho la última palabra –se rio con cansancio–. ¿Se trata de eso? Pues venga, dila.

–Será mejor que vayamos a otro sitio donde estemos solos.

–No, no voy a ir a ningún sitio contigo, Malachi. Así que, a menos que me secuestres, tendrás que decir lo que sea aquí.

Sin dejar de mirarla a los ojos, se encogió de hombros.

–Como quieras. Gracias, Carolina, gracias, Luis –dijo sonriendo a la recepcionista y al chófer–. Ya me encargo yo.

Y antes de que Addie pudiera reaccionar, se acercó a ella y se la echó al hombro.

–¡Bájame! –Addie se retorció, lo pateó y le golpeó la espalda con las manos–. ¡No puedes hacerme esto!

Él le sujetó las piernas con el brazo y ella comenzó a gritar al oír que las puertas del ascensor se abrían.

–¡Llamen a la policía! Me da igual que sea su jefe...

Las puertas se cerraron.

–¡Bájame!

Él se inclinó hacia delante bruscamente y ella se deslizó hasta el suelo desde su hombro. Se lanzó sobre él, pero Malachi la sujetó por las muñecas. Ella se soltó de un tirón, abrió el bolso y sacó el móvil.

–Voy a llamar a la policía para que te detengan –miró la pantalla con expresión de enojo.

–¿No da señal? No hay cobertura dentro del ascensor –le explicó Malachi.

–Pues llamaré desde la suite.

–Muy bien –abrió una puertecita que había a un lado del ascensor e introdujo una tarjeta –. Pero no vamos a ir a la suite.

El ascensor se detuvo y Addie lo miró con incredulidad.

–¿Te has vuelto loco? ¿Por qué lo has hecho?

–Ya te lo he dicho: no hemos terminado de hablar.

–No tenemos nada que decirnos –dijo ella furiosa–. ¿Por qué crees que me había ido? Porque no tengo nada más que decirte.

–Lo sé. Y no tienes que decir nada, solo limitarte a escuchar. Soy yo el que va a hablar.

–Ya es tarde, Malachi. Si querías hablar conmigo, debiste hacerlo hace una hora. En realidad, hace cinco años.

Él se recostó en la puerta y su rostro se oscureció.

–No me diste ocasión.

Ella dio un paso hacia él con los puños cerrados.

–No es cierto. Intenté hablar contigo y te fuiste.

–¡Era nuestra boda! Estabas montando...

–¿Qué? ¿Una escena? ¡Ay, lo siento! Pero, ¿qué querías que hiciera? Acababa de oír a dos hombres diciendo la suerte que tenías de que tu esposa estuviera tan bien relacionada con la comunidad, lo que había facilitado enormemente que se aprobaran tus planes para un nuevo casino.

–No fue eso lo que sucedió –dijo él, lleno de cólera, mirándola a los ojos

–Entonces, ¿no te casaste conmigo por eso? –le temblaba el cuerpo de ira, pero el corazón se le encogió de dolor al recordarlo–. Dime que entendí mal. Vamos, dímelo.

Al contemplar su rostro arrepentido, sintió náuseas.

–No puedes porque es la verdad.

–No. Reconozco que me casé contigo porque pensé que me beneficiaría en los negocios –echó la cabeza hacia atrás y respiró hondo–. Pero las cosas cambiaron. Comencé a sentir algo por ti...

Dio un paso hacia ella. Addie, sorprendida, se fijó en que le temblaban las manos.

–Te echaba de menos cuando no estabas conmigo y anhelaba verte. Tienes que entenderme, Addie. Nunca había experimentado nada igual. No sabía lo que sentía.

–¿Qué sentías?

Él se estremeció.

–Había perdido el control y estaba asustado.

–¿Por qué?

–Porque te quería, pero no sabía cómo manejar ese sentimiento. Hace un rato, cuando te enfadaste tanto, me dolió verte así y solo deseé huir. No creí que te fueras a marchar.

–No pensé que hubiera motivo alguno para quedarme. Creí que no me querías.

Él la miró a los ojos.

–Entiendo que lo creyeras –apartó la vista de ella y se pasó la mano por el rostro–. Me crié sin saber lo que era el amor y no sabía amar ni ser amado. No tenía relaciones, sino sexo. Y el sexo era una forma de sentir sin tener que amar.

Se le quebró la voz.

–Cuando te conocí, eso cambió. Comencé a ver el mundo de otro modo. Pero todo era tan nuevo, que me resultaba difícil de asimilar. Hubiera debido ir tras de ti cuando te fuiste de nuestra boda.

Addie tenía un nudo en la garganta.

–Yo también soy culpable. Debí haberme quedado para luchar por nuestro matrimonio.

–Antes me has dicho que me querías y que deseabas volver a intentarlo. ¿Es cierto?

Ella lo miró en silencio titubeando.

–Sí, pero no seré tu amante, Malachi.

Él negó con la cabeza, pálido y con los ojos humedecidos.

–No quiero que seas mi amante –la agarró de las

manos–. Quiero que me perdones por intentar chanta-
jearte y por haberte tratado tan mal. Lo siento, Addie.
Sé que no te merezco y que hubiera debido dejar que
te marcharas esta noche. Sé que es egoísta por mi
parte, pero no puedo dejar que te vayas porque te
quiero. Mi vida no tiene sentido sin ti.

Ella le miró las manos respirando con dificultad.

–¿Quiere eso decir que no vas a demandarme?
–preguntó en voz baja.

–No era un contrato vinculante.

Ella sonrió débilmente.

–¿Quieres divorciarte?

–Por supuesto que no –dijo él atrayéndola hacia
sí–. No vas a librarte de mí tan fácilmente. Eres mi
esposa y, en cuanto salgamos de aquí, lo proclamaré a
los cuatro vientos.

Ella lo miró. Le temblaba la boca.

–No sé, Malachi. Aquí dentro, todo parece perfecto
Pero no podemos seguir en un ascensor toda la vida.

Él sonrió.

–Resulta tentador. Confía en mí, cariño. Esto va a
funcionar –frunció el ceño–. Que es más de lo que se
puede decir de este ascensor.

–¿Lo has estropeado?

–Eso parece. ¿Ves esa luz que parpadea? Significa
que se ha bloqueado.

–¿Que se ha bloqueado?

–Estaba un poco distraído –apuntó él mientras se
encogía de hombros.

–¿Y qué vamos a hacer?

Él le miró la boca.

–Habrá que esperar un par de horas.

Ella enarcó una ceja.

–Entiendo. Tendremos que buscar una forma de
entretenernos.

Él la abrazó por la cintura lentamente.

–¿Se te ocurre algo?

–La verdad es que sí –le rodeó el cuello con los brazos y lo besó suavemente en los labios.

–A mí también –murmuró él antes de rozarle los labios con los suyos–. ¿Le he dicho que la quiero, señora King?

Le metió las manos debajo de la blusa y le acarició la piel desnuda. El corazón de ella comenzó a latir a toda velocidad.

–Sí, pero vuelve a decírmelo.

Bianca

¿Se rendiría al desconocido de Cayo Orquídea?

Lo único que conocía Lily Fielding era aquella pequeña y segura isla caribeña. Pero la aparición de un intrigante recién llegado estaba a punto de cambiarlo todo, porque el despertar sensual que aquel hombre prometía resultaba a la vez embriagador y prohibido…

Raphael Oliveira debería resistirse a la tentación que la hermosa Lily representaba. Después de todo, era consciente de que allí donde él iba el peligro le seguía… pero, una vez que Lily estuvo bajo su hechizo, la intensa pasión de Rafe y su oscuro pasado amenazaban con destruirlos a los dos.

AL SOL DEL AMOR

ANNE MATHER

Deseo

Divorcio apasionado
Kathie DeNosky

Blake Hartwell era un apuesto
campeón de rodeos con todo el
dinero que pudiera desear y muy
buena mano con las damas. Sin
embargo, Karly Ewing tan solo
deseaba divorciarse de él. El
precipitado romance que vivieron
en Las Vegas terminó en boda,
pero dar el sí quiero fue un error;
por ello, Karly fue al rancho de
Blake con los papeles del divorcio en la mano, pero una desa-
fortunada huelga la dejó aislada
con el único hombre al que no
podía resistirse. ¿Conseguiría
la tentación que aquel romance
terminara felizmente o acaso los
secretos de Blake acabarían separándolos para siempre?

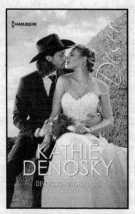

No iba a ser tan fácil romper
con la pasión que les unía

Bianca

¡Su actitud cambió a medida que pasaban los tórridos días y las cálidas noches del verano!

Danilo se había encerrado en sí mismo tras el accidente de tráfico que robó la vida a sus padres y dejó a su hermana en una silla de ruedas; pero, al ver a Tess Jones en peligro, su instinto protector lo empujó a salvarla y a ofrecerle refugio en su imponente palacio de la Toscana.

Tess Jones podía ser virgen, pero sabía lo que quería en materia de hombres y, por muy sexy que fuera aquel italiano, no se parecía a lo que buscaba. Sin embargo, terminó por rendirse a Danilo, y a una pasión que la cambió completo. Solo faltaba una cosa: conseguir que su amante venciera a los fantasmas de su pasado y se dejara llevar.

CAUTIVO DEL PASADO

KIM LAWRENCE